On ne se baigne pas dans la Loire

DU MÊME AUTEUR

Qui veut la peau de Barack et Angela ?, Éditions du Rouergue, 2016

Bande de zazous !, Éditions du Rouergue, 2017

Magda, Auzou, 2019

Le Cri du homard, Glénat Jeunesse, 2020

Tracer, Éditions du Rouergue, 2020

Ton absence, Éditions du Rouergue, 2022

La Fin du train-train, Glénat Jeunesse, 2022

GUILLAUME NAIL

On ne se baigne pas dans la Loire

ROMAN

DENOËL

« Que sont les soirées devenues, oisives et lentes de l'été, étirées jusqu'à la dernière lueur, jusqu'au vertige de l'amour même, de ses sanglots, de ses larmes ? »

L'Été 80, Marguerite Duras

Le fleuve

On le sait, pourtant.

Héritée de nos mères, de nos pères, c'est la rumeur qui coule dans nos gènes et infuse, sur les pentes des coteaux comme aux plaines du Maine, des berges de l'Authion en corniche angevine, alluvions et roseaux, bras morts et plein lit, c'est cette rengaine avide, bruit lancinant qui attend, au crépuscule là-bas, vers l'estuaire, un monde.

Que la nuit soit d'été ou l'automne hâtif, les vignes vêtues de rouge et inquiètes des gels, que les saules se languissent, pieds secs, ou grenouilles à cœur joie, nos sœurs le savent, et nos frères le martèlent. Tu dois craindre le courant qui te happe.

Puis, furtif, t'engloutit.

C'est cet adage porté à flanc de tuffeau, devise gravée au bleu des ardoises. L'étendard des rocs pauvres des Mauges, le souvenir des mines, Trélazé. Nos défunts qui serinent, instituteurs catholiques, ouvrières à chaussures. C'est le chant qui unit, bourgeois de maison, paysannes des rives fertiles, précepte que nul n'ignore, qui façonne, et construit.

Cette vérité connue intimement, règle sacrée que nul n'oserait questionner. Que chacun porte en chœur.

On ne se baigne pas dans la Loire.
Ni printemps, ni été, ni même un doigt de pied.

LE COURANT

(31 août)

Benoît

— On va se baigner ?

Quelqu'un dit ça.

C'était couru, pique-niquer bord de l'eau, la tentation est forte de chercher la fraîcheur, d'autant que la colo touche à sa fin. Ce soir, les mômes repartiront. Six semaines déjà qu'ils partagent jours et nuits. Alors sûr, la chaleur les agite. Mais leurs remous disent aussi l'excitation, derniers instants du séjour. Dans le minibus, leurs corps fébriles attendent que démarre leur chauffeur.

Benoît.

Pour lui aussi, le moment est à part, dernière chance. Bientôt, il sera trop tard. Ils auront fait traîner l'après-midi, les heures étirées. Ils reviendront quand les ombres s'allongent et ce sera l'effusion du départ, brouhaha. Impossible d'agir.

Maintenant, donc.

Des semaines qu'il y songe, ce qu'il s'apprête à faire est risqué, il le sait. Pas question de se laisser surprendre. Mais comment se résoudre à l'abandon des souvenirs. Leur empreinte, disparue. Alors ça sort, tout seul. Délaissant le volant, Benoît se décide :

— J'ai oublié les ballons !

C'est faux. Deux balles sont en soute, coincées entre les glacières. Mais c'est l'unique excuse qu'il a su trouver - n'a jamais été doué pour forger des histoires. D'ailleurs, les gars le charrient, c'est de bonne guerre, même les monos le taquinent, parfois - sauf Pauline, bien sûr. Mais bon. C'est Pauline. Benoît se presse de lancer au micro :

— Pas bouger.

Et il descend du car. Direct, Gus l'aîné des colons prend la relève et passe en mode mariole. Petit saut bras tendus, il se suspend aux casiers à bagages, bande ses muscles pour se hisser et, du pied, s'équilibre sur les accoudoirs, son corps en étoile.

STOP.

Il fige, prend la pose. Ça se marre tout autour. Depuis leurs sièges, les autres gars s'activent à calquer. L'habitacle tout entier est un deux, trois, soleil géant - la vie. Benoît s'accorde un dernier regard au tableau, la carcasse d'un vieux bus, et ces pantins immobiles, aux bouches écrasées grimaces contre les vitres - bande de chenapans - et hop ! il pénètre dans le bâtiment puis court dératé les couloirs. Il s'échappe par-derrière via la sortie de secours et longe le bloc hors de vue pour rejoindre le dortoir. Faudrait veiller à ne croiser personne. Vite, le sol humide, il patine sur le carrelage des sanitaires et ça y est, devant lui les douze lits, plongés dans la pénombre pour tromper la chaleur. Personne, que le foutraque des couchages en bataille - les gars ont décrété : ranger, c'est pour les retraités. Benoît inspire un grand coup, les armoires éventrées dégueulent tout leur bordel. Il reflue l'émotion mais ça déferle, alors une seule option : agir. Il est venu pour ça.

Benoît cueille.

Un boxer là. Une chaussette, un mouchoir. Un T-shirt sur une chaise, il hésite, plus c'est gros, moins ça passe, il le renifle – porté, sueur au col et jaune soleillé, un trésor. Il le fourre dans son sac – dehors, ça klaxonne. Le temps presse, il a chaud, il a froid, Benoît ne sait plus trop ce qu'il trafique, zou, il attrape, une fringue par lit ou armoire, il ignore les détails. Seul compte l'ensemble, leur foule rassemblée et leurs chairs emmêlées. Pas un en particulier, qui le ferait glisser sur une pente dangereuse.

C'est pas mon genre, ça, j'ai jamais dérapé.
Ni même eu envie.

Lui, c'est autre chose. Son butin, ce sont leurs vies toutes entières fondues en une seule, corps abstrait et vivace, absolu de juillet, peaux sourires fusionnés. Façon de tenir sans eux. Tous les prochains étés, après ce dernier.

Nouvelle semonce du klaxon. Gus s'impatiente, sans doute. Benoît agrippe un ultime slip et se précipite au-dehors. Il claque la porte du pied, croise le groupe des petits de retour du marché. Bref coucou à Fatou, qui tient par la main deux bouts de chou. Benoît lui désigne sa montre : on presse, c'est la bourre. Dans le bus, les gars sont furie, Gus harangue au micro. Ça tape frénétique sur les sièges, il entend son nom que leurs trachées rugissent, assourdies par le verre :

— Be-noît ! Be-noît !

Benoît s'enhardit jusqu'à lever les bras, sa victoire. C'est qui le boss ? C'est lui. Et Gus qui gueule, à la manière d'un rappeur :

— BE-tchikaboum. NOÎT-tchikaboum... BE-tchikaboum. NOÎT-tchikaboum...

Les autres suivent en chœur, horde sauvage que jamais rien ne fatigue. Et Benoît sent son cœur qui s'emballe. Pourraient-ils soupçonner la récolte dans son sac ? Il tente de se rassurer : au retour d'excursion, ce soir, la cohue empêchera de remarquer les manquants. Au dortoir, les gars s'engouffreront et trufferont leurs valises de ce qui traîne, pas le temps de plier ni de trier. Au pire, un vague début de panique, où est mon calbute fétiche, vache, ma casquette, j'ai dû l'oublier au pique-nique. Alors, Benoît annoncera, l'air de rien et du dirlo qui en a vu d'autres : promis, on va chercher, Pauline te l'enverra, elle sert à ça. Puis ils dîneront en vitesse pour filer dans la nuit. Et tout sera fini.

— Ben, et les ballons ?

Merde. Est-ce que Totof l'a grillé ? Sous ses airs de pas y toucher, il ne rate jamais rien. Vite, Benoît se cherche une excuse :

— En fait, c'est bon. J'avais oublié, y en a deux en soute.

Il hoche la tête, sourire ferme.

— Il est temps que ça se termine, il ajoute. Je fatigue.

Sur le siège près de la porte, Pauline sourit timidement, et désigne Gus :

— Faut dire, ils ont la forme.

La star de l'été enchaîne les roulades, objectif strike humain sur Lorenzo et Kev, postés au milieu de la rangée. Benoît se rassure. Pauline n'y a vu que du feu ; elle le croit.

N'empêche, il faudra rester vigilant. Reprenant place au volant, Benoît leur fait signe de s'asseoir. Coup d'œil dans le rétro, il tourne la clé et démarre. Il actionne la porte, les ventouses s'arriment.

Splotch.

Totof

La clim du minibus fait des siennes et, dès le premier kilomètre, l'atmosphère devient intenable. Totof – Tof, ça passe crème – s'amuse à compter les gouttes de sueur que Benoît perle aux tempes, tandis que Pauline s'évente, la peau rouge et bouffie. On crève. À la sortie du village, Benoît se stationne en warnings sur un terre-plein poussiéreux, le temps de trouver ce qui cloche. Pauline galère à rouvrir la porte, une étuve. *Bam*, elle réussit à dégager les battants.

Gus aussitôt prend la main et s'écrie, féroce :

— Campement !

En langue Gus, ça veut dire on n'ira pas plus loin. Pauline scrute Benoît de son regard inquiet – pas le programme prévu. Mais déjà, Gus dehors, salto depuis le marchepied puis, clown prêt à tout, il adopte une démarche de crabe, à leur faire de grands gestes pour qu'ils viennent le rejoindre. En contrebas, une vaste pâture s'étire, descend vers la Loire, plus loin, l'eau qu'on devine, reflets de soleil. Les bordures arborées invitent au farniente. Pauline propose plutôt de reprendre la route tandis que Gus retire son T-shirt et le brandit, un drapeau.

— Bon, annonce crânement Benoît, place à l'impro.

Après tout, à quoi bon se coltiner quarante bornes au cagnard si c'est juste pour tomber sur une prairie identique. Celle-ci peut très bien faire l'affaire.

— On pose nos gaules, il confirme.

La meute rugit et Tof méprise ce dirlo parasite prompt à s'arroger une idée qu'il ne fait que subir. La bande, elle, s'en fout. Gus est leur roi incontesté, à suivre en terre promise. Tous déferlent dans la pente, nuée de mouches affolées par l'éclat d'une ampoule. Leur mot d'ordre : se vautrer et faire sortir cette sève qui irrigue. Jeunesse qui passe.

*

Au moment de répartir les équipes pour le foot – une idée de Gus encore, celui-ci refuse d'en démordre : j'ai envie de taper du coup franc, il proclame –, Benoît la joue contrit :

— Mea culpa, j'ai zappé les chasubles.

L'aura fait exprès, plutôt, soupçonne Tof. Depuis le début, il n'a pas pu s'empêcher de remarquer : ça lui plaît, au dirlo, d'aller toujours nature – les sorties dans les bois, les grands champs, courses nocturnes et délires Robinson. Au contact. Avec toujours cet étrange, dans le regard.

À force de « jouer » parmi les graminées, il fait lourd et même à l'ombre les fronts luisent, les maillots s'auréolent. La plupart torse nu. Tof les regarde s'ébrouer, sans vraiment s'y mêler. Toujours cette sensation de rester en dehors. Cette partie de foot, c'est pareil. Les champions d'un bord, les mauvais de l'autre. Et lui, Tof. Ni champion, ni mauvais. Il les devine friands de ça, l'absence d'étoffe, le frottement des torses, à s'attraper par le bras, marquer à la culotte, se freiner de l'épaule et se claquer le ventre à chaque passe réussie, Narcisses flattés de leurs muscles naissants, mal dominés mais exhibés dès le premier jour de colo, hâlés précoce par les révisions du bac sous le soleil généreux des jardins de juin. Ces corps nerveux ne tarderont pas, dans deux, trois, cinq ans, à flétrir déjà, changer sens inverse. Ils ont raison, mieux vaut profiter. Maintenant.

Arrivés les penaltys, le soleil est zénith, et les grillons amorphes. Pierre – évidemment – se désigne en boniche et aide Pauline au pique-nique. Gentil Pierre. Il sort les œufs durs, le pain mou, les pâtes de coing et les pommes, les brugnons gâtés par la chaleur, le Saint-Môret, le Kiri. Tous se ruent, en sueur et affamés. Pierre distribue les tomates, dégaine les rillettes et coupe les melons, en prenant soin d'enlever la peau. Servile Pierre. Proie docile, quand Gus rôde et cherche son prochain coup. Mais pas le temps de fomenter : Tof désigne la glacière et, sourire malice, soulève le couvercle. Gus le suit du regard. Tof profite, fait durer le suspense puis proclame « tin-din » en brandissant deux packs de douze. Pour la peine, il a cramé son argent de poche. Quitte à avoir un peu de thune, autant que ça serve.

— *Il miraculo*, s'enflamme Lorenzo.

— La fête ! lance Youssou en levant les bras.

Sur le visage de Gus, un soupçon de jalousie, vexé que l'attention lui échappe. Pauline est en stress – sont mineurs, quand même – mais Tof la tacle gentiment :

— Faut oser, un peu. On n'a qu'une vie.

Benoît, lui, s'en fiche. Alors d'accord, Pauline en prend une, la décapsule à la molaire :

— Allez, c'est le dernier jour.

Pour un peu, on la croirait sur le point de pleurer. Parce que ce soir, Gus s'en va ?

Ils cul-sèchent leurs bières et avalent le repas en un rien de temps. Puis, repus, l'heure vient de siester un peu. Les minutes s'égrènent. Tof observe, discrètement. Benoît ronflote dans les herbes couchées, arrimé à son sac. Pauline bouquine, *Le Lys dans la vallée*. Gus fume en se caressant le nombril, un peu de poussière s'est accumulée au creux. Alanguis dans un coin, Kevin et Timothée tripotent leur téléphone. Farid, comme d'hab, joue à la crapette avec Pierre – toujours collés à leur jeu de cartes, ces deux-là. À l'ombre, les autres somnolent. Youssou. Nathan. Adone. Jonas. Pavel. Lorenzo.

Et lui. Tof. À part.

Pierre

— Crapette !

Pierre chuchote – pas envie d'attirer l'attention – mais son visage pétille d'avoir piégé Farid. C'est son moment préféré. Instant fugace où disparaissent son ventre mou, ses bras flasques, tout ce corps mal compris, plaisir de contempler Farid à la fois piqué et contrit – normal, on joue pour la gagne. Mêlé du régal de s'être trouvé ce partenaire, aussi passionné que lui : la partie avec Farid n'attend pas. Accrochés l'un à l'autre comme si tout le reste – dormir, manger, pisser – ne faisait que perturber le flux continu de crapette. Jeu féroce et complice, où ils survolent le temps. Tout s'efface quand ils jouent. Il n'y a qu'eux. Lui. Farid. Chaque regard épié, le moindre geste détaillé. Il faut sonder, deviner ce que l'adversaire réserve. Guetter le frémissement des sourcils, la paume qui se moite. Chacun sa technique. Pierre pause, réfléchi, des minutes entières à calculer – ça énerve Farid, qui lui gueule :

— Mais joue, putain !

Lui préfère l'instinct, hop zim boum, deux cartes et pioche. Cet agencement des deux, immuable. Pierre en tailleur, dos raide, Farid allongé aux trois quarts, en équilibre sur son coude droit, bout de son bras. Et le rond irrégulier du moignon – Pierre n'a pas d'autre mot, Farid ne lui a pas appris. Il a compté, déjà, chacune des vergetures, profitant que Farid prépare le prochain coup à jouer. Pierre connaît toute l'histoire : l'accident de grillage, les tendons sectionnés, l'infection et l'amputation, inéluctable. Puis la mère de Farid qui pleure, dans un coin de chambre, son père visage de cire, pendant que leur fils, douze ans seulement, leur dit « ça va aller, il m'en reste un ». Ça le fascine, Pierre, ce rapport que Farid entretient avec son corps. Ni haineux, ni dédaigneux. Juste, c'est le sien. Constat.

Pierre et Farid, donc. Constantes du tableau, arrière-plan rassurant. Les autres comprennent, d'ailleurs, ou ont l'air d'accepter. Ils les laissent jouer, face à face. Et ainsi, dernières heures, Pierre sourit à l'ombre d'un platane, alors même que Farid va quitter sa vie. Ils échangeront à distance, promis. Mais Farid sera loin.

— Bon, quand tu veux.

Pierre sort sa gourde d'abord, déglutit, les cartes collent aux doigts. Il attrape le roi de cœur, le déplace vers la dame, puis récupère le 9. Farid observe. Pierre savoure. Il saisit le 2, le plaque sur le 3, et revient sur le 10 en place libre, avant de prendre le valet.

Farid guette l'enchaînement, envieux de Pierre qui se débrouille bien mieux que lui. Pierre reboit une gorgée, mais n'avale pas, il garde en bouche. Farid scotche, les yeux sur les cartes. Ses cheveux lui agacent le front, il souffle, machinal. Alors sans savoir pourquoi, ni comment, d'exaltation mêlée, peut-être, envie subite qui lui prend de regarder Farid vulnérable, Pierre lui crache au visage toute l'eau, ça jaillit de ses lèvres. Un coup bref. Farid cherche à comprendre, puis esquisse un début de sourire, après tout, pourquoi pas, faut bien se rafraîchir.

Soudain la phrase résonne, au cœur du silence :

— On va se baigner ?

Aussitôt, Pierre se broie. Qui a dit ça ? Non, on n'y va pas. Lui, Pierre, ne se baigne pas.

Gus

La baignade, oui bien sûr. Illico, Gus s'enflamme et motive les troupes engourdies. Facile, suffit qu'il claque des doigts pour que ces moutons embraient. Le pétillant de leur regard ne ment pas, ils le suivraient en enfer.

— Allez, on bouge, là.

Il tamponne du ballon la tête des mal réveillés. Et déjà ça se lève, ça se chauffe à l'idée de gagner l'eau. Timothée, Youssou, Adone, Pavel, Jonas, Lorenzo, Nathan et Kevin... Un par un, en position, qui frémissent, passent de la léthargie à la vie. Une phrase, un crachat, et les voilà avides de dépenser ces flux qui débordent. Sauf Pierre, fuyant, qui se fait tout petit, adossé contre le cageot taché de jus. Gus le remarque, forcément. Alors avant de descendre vers les bancs de sable, il s'approche et Pierre passe en apnée quand le « roi » agrippe un brugnon et le rouleau d'essuie-tout. Gus hésite, ça le démange, de faire son coq. D'autant que Pierre vire déjà rouge foncé, mais Farid fronce les sourcils, au défi, et Gus tergiverse, son sopalin en main, avant de lâcher prise, gloussant juste pour la forme - pas question de s'avouer totalement vaincu. Simple rictus, il récupère deux fruits et bim, il jongle bondissant, l'air de dire à son souffre-douleur, j'ai d'autres chats à fouetter. Un fruit en l'air, l'autre enquille, hop hop hop, et déjà Timothée applaudit :

— Yallah !

Trois soleils juteux fendent le ciel, Gus se les passe sous la jambe, sur l'épaule, pichenette. Gus acrobate, on ne voit que lui, comme chaque fois. Il emplit la prairie, il irradie le ciel. Vers l'infini et au-delà, et sans prévenir, sa malice le rattrape, plus fort que lui, il brandit son sourire le plus large, saute d'un bond de géant vers Pierre, et s'accroupit, narquois :

— Croa.

Le cri de la crapette. Le crapaud à la tête de tapette. Son sarcasme préféré. Les fruits s'écrasent au sol dans un splotch visqueux. Pierre tressaille, malgré lui. Et Gus lui lance goguenard, une lueur méchante dans le regard :

— Ben quoi, profite. Bientôt tu me vois plus.

Pierre

Un brugnon a giclé sur son short. Pierre salive sur sa paume pour frotter le tissu. Partout ça s'agite, Gus jongle avec le ballon, maintenant, et Benoît rajuste sa casquette. Pauline attrape des serviettes, le visage contrarié, tandis que les premiers dévalent la pente en ordre dispersé. Farid range ses cartes, se lève en sifflant à travers son diastème :

— Allez, zou. On n'a qu'une vie.

— C'est dangereux, Pierre tente. Pourquoi faudrait se baigner ? On est bien, là.

Tout le monde sait que, mauvaise pioche, la Loire. Mais Farid insiste, s'ébroue, chien foufou.

— J'ai déjà les cheveux mouillés.

C'est leur dernier temps tous ensemble. Déjà, d'autres balancent leurs baskets et disparaissent entre les arbres qui parsèment la rive.

— Viens te baigner. Pour moi.

Pierre, contre gré, pose des cailloux sur son jeu ; manquerait plus que les cartes se fassent la malle. Farid déboutonne sa chemise et la balance sur Pierre avant de rejoindre Gus, Youssou et les autres. Pierre seul à mourir. Rien que l'herbe haute, les sauterelles et Farid qui marche à reculons, le regard invitant :

Viens, putain.

Sa main se tend, son autre bras se fond dans la peau de son torse. Pierre frissonne, la sueur dans son dos. Il hésite. Qui sait même s'il reverra Farid. Peut-être pas obligé de se baigner, après tout, il peut rester au bord, prétexter qu'il nage pas, on lui a pas appris. Alors il se lève, oui, et Farid exulte, l'éclat de sa joie, débordante et sincère. La lumière jusqu'à Pierre, qui avance à son tour. Farid s'emballe :

— Voilà ! Ça, c'est mon champion.

Pierre s'étonne de ce qu'il ressent. De la gratitude. Oui, de la gratitude.

Ça vaut bien une baignade.

Totof

On ne se baigne pas dans la Loire, pourtant. Tout le monde le sait. Mais là, c'est pas la Loire. Pas vraiment, du moins. Quelques flaques sans trop de fond, que de longues langues de sable séparent sagement du fleuve. Simple pataugeage, histoire de se désétourdir de la chaleur qui écrase. Se baquer gentillet avant de rattaquer le foot ou la balle au camp. Zéro risque, que du plaisir. Le froid vif d'un peu d'eau sur la peau.

— À la flotte ! s'écrie Gus.

Et s'excite à fond de balle, trop-plein d'énergie limite supportable. Où trouve-t-il la vibe, putain ? C'est quoi son secret ? Jamais d'obstacle, ni de frein. Comme un tronc flotte au cours d'eau. C'est donc ça, la vie ? se demande Tof. Il contemple les silhouettes qui s'aspergent. Pauline panique.

— Je ne suis pas sûre que ce soit une bonne idée..., tente-t-elle encore de les arrêter.

Elle porte sa main en visière pour se protéger du soleil. Gus lui lance un peu d'eau.

— ... de se baigner, je veux dire, elle ajoute.

— Tu flippes ? il la dompte.

— C'est pas ça. Mais bon, la Loire...

— T'as pas ton maillot ?

Ballon en main, Gus la met en joue et menace de la frapper.

— T'es pas épilée ?

— Gus, s'il te plaît.

Mais Gus, plus fort que tout, lâche soudain :

— Quoi, t'as peur de te mouiller ?

Le « te » est à peine prononcé, Gus a l'équivoque facétieuse. Pauline saisit le double sens, elle rougit et se résigne, hoche la tête. Le signal que Gus attendait :

— À poil, Pauline !

Fanfaron. Roublard. Toutes les qualités de celui à qui la vie sourit. Avec un autre, la blague ne passerait pas, représailles direct. Mais c'est Gus. Alors Pauline pouffe, et ça passe. Son visage rayonne, elle dévoile ses dents.

— Vous restez à la vue, hein. Vous allez pas trop loin.

Pauline ne peut pas s'en empêcher, elle est l'adulte. Quand Benoît, qui s'amuse à faire copain avec les gars, a lâché prise depuis longtemps. Au final, ils me respectent, il dit.

— Chargeeeez !

Par surprise, Timothée tente de s'emparer du ballon mais Gus fait son cacou, il esquive l'offensive et rejette la balle. Tof comprend que c'est pour lui, il enchaîne. Pichenette et petit dribble, il fait mine d'être prêt à marquer, mais Gus sort de l'eau et l'attrape par le ventre, contact dégueulasse de ses mains sur sa peau. Tof s'écarte saut de cabri. Et shoote. Ça rebondit sur le sable.

— Attrape !

Avec ses guiboles de girafe, Lorenzo tente une tête mais Adone s'immisce à son tour et ose une reprise de volée, incertaine. Boum ! Le ballon s'envole, ricoche contre une branche et atterrit sur le haut mur de pierres qui borde la rive assoiffée. La balle hésite sur le faîte, basculera, basculera pas... et bim, choisit son bord, l'autre côté. Gus applaudit, hilare.

— T'y vas ? l'alpague Tof.

Bravache, Gus valdingue ses chaussures. Il cabriole vaguement, comme le branleur qu'il est, puis singe un air désolé, bras ballants.

— J'ai aquaponey.

Il agrippe Jonas, qui se plie à quatre pattes pour servir de monture.

— Tu soûles, dit Tof pour la forme.

Mais ça lui va. Tout lui va. Deal. Ils se toisent, léger signe de tête qui confirme : Tof les laisse à leurs jeux et reprend sa distance, juste ce qu'il faut. Il avance vers le mur.

— Non mais c'est pas la peine, Pauline tente. Y en a un autre dans le car.

Qu'est-ce que ça peut lui foutre, à cette conne, qu'il aille chercher un ballon. Tof lui fait signe que ça va, il gère. Elle crispe, veut le retenir. Le rebord du mur est jonché de tessons.

— Viens au moins me faire la courte, il demande à Gus.

— Faites gaffe, quand même, Pauline insiste péniblement.

Tof leur jette un regard, à elle d'abord, puis à Gus, qui l'aide à escalader. Il s'appuie exprès sur sa tête de vainqueur, plaisir facile et stupide, manière de piétiner, et il nargue :

— Mais pousse, bordel !

Gus obéit, il contracte le biceps et grimace. Tof se hisse des deux mains, ça y est, il est là-haut, genou contre la pierre, paumes prudentes parmi les éclats de verre. Il scanne alentour. C'est un parc. De l'autre côté du mur, les arbres se dressent, vieux et immenses. L'ombre des feuillus contraste avec le soleil. Et les buissons masquent des silhouettes – des statues ? Le noir se profile, s'enfonce.

— Tu la vois, ta baballe ?

Gus s'enquiert mais s'en fiche. Ça se lit dans son regard. Il est en mode baignade, voire plus si affinités, donc si Tof pouvait se magner… Le mystère du parc appelle Tof, justement. L'occasion est trop belle d'échapper à la meute, toute leur insouciance à gerber. Alors il se décide. Salut militaire, il hoche vaguement la tête et annonce :

— Ceux qui vont mourir te saluent.

Gus porte la main à son cœur, faussement solennel. Tof assure à Pauline, qu'il sent bizarrement perturbée, à pâlir :

— Je vous rejoins, après.

Et il saute.

Pierre

Les autres déjà loin, Pierre accourt à la main de Farid, fendant l'air. Mais sa joie ne dure pas. Car Pierre a son corps empoté, le sol traître sous ses pas, il saute une touffe et sa tong se coince, sa cheville se tord. La vautrade, inéluctable.

— Aïe !

Il a couiné juste assez fort pour que Farid se retourne, qui revient, merci, sens inverse. Tout lent d'abord, puis l'inquiétude dans son regard et il se précipite. Pierre humilié, à terre, sa peau visible à travers le T-shirt déchiré. Comment a-t-il fait, se gaufrer au point de se retrouver en vrac sur une simple descente herbue sans obstacle ? Quand d'autres jouent au foot, bravent les fleuves. Con de corps. Saletés de muscles. Bien la peine d'avoir quatre membres dont il ne sait que faire. Et ce ventre qui dégueule, pire encore que la perspective de tout exhiber en se baignant. Farid tend la main, silhouette contre-jour au soleil.

— Ça va ?

Pierre douille mais le vulnérable en lui se réveille, et lui fait dédaigner le geste de Farid, venu pour aider, pourtant.

— C'est juste une main tendue, buddy.

Le surnom que Farid donne à Pierre, depuis le début, sans

que Pierre sache vraiment ce qu'il recoupe. Il choisit de se relever seul, devant Farid chagriné. Mais Pierre veut prouver qu'il arrive à marcher, dominer sa pauvre chair défaillante. Sauf que la douleur le fige, entre deux vertèbres. Il stoppe les larmes juste à temps :

— Sa race.

Crainte du prochain couteau dans le dos s'il avance encore d'un seul pas.

— Ça va pas, en fait ?

Farid. La douceur de sa voix, feutrée comme une caresse. Pierre concède que, effectivement, bof.

— Fais voir.

— Non mais c'est bon.

Déjà, la main de Farid, sûre et rapide. Qui remonte le T-shirt déchiré vers la nuque. Pierre tortille, il voudrait stopper net, mais Farid ne lui laisse pas le choix. Il l'étrangle presque en resserrant l'encolure. Pierre abdique.

— Alors ? il s'inquiète dans un souffle.

— Alors, tu devrais bosser dans un cirque.

Hein ?!

— Pour te gaufrer, comme ça, sur un terrain pareil, c'est que t'es un putain d'acrobate.

Je pensais que tu parlais de mes poils.

Ce duvet qui s'épaissit, sur ses épaules, et le noir piqueté des lombaires. Depuis un moment, Pierre lorgne sur les dépilatoires de sa mère, le Bic rose jetable ventousé dans la douche, mais trop peur qu'elle le grille. Quant à en acheter lui-même, impossible. Plus chaud que de dégoter des capotes. On a les défis qu'on mérite. Pierre pourrait dire ça à Farid, six semaines de crapette, ça rapproche. Toutes ces heures, dans leur bulle, à ne plus se quitter. Jusqu'à se gicler de l'eau dessus, tout à l'heure... Mais Pierre se tait. Les mots se coincent au fond de sa gorge.

— C'est ma tong, il parvient juste à plaisanter, non sans effort. Elle est maléfique.

— Je vais chercher un canif.

— Pardon ?

— C'est rien. T'as une écharde, là.

Farid touche du doigt, Pierre croit sentir le bord de son ongle et tressaute :

— Non mais c'est bon, va te baigner, toi. Je vais me débrouiller.

— Je crois pas. C'est pile au milieu du dos.

L'index de Farid, au creux des omoplates. Pic fugace.

— Ah mais non, attends. C'est un bout de fer, en fait.

Réflexe commun, ils regardent à terre. Une vieille tôle rouillée gît à leurs pieds, semi-enterrée. La bonne idée, transformer en dépotoir une prairie sauvage. La tong aura buté contre, sans doute. Et le corps de Pierre a suivi.

— T'es vacciné ? s'inquiète Farid. Contre le tétanos, je veux dire.

Pierre n'en sait rien.

— Faut la virer, ça craint.

Farid remonte vers les sacs entassés en bordel et agrippe le sien, qu'il renverse sans façon. Il trifouille son contenu, l'air dépité. Il observe les bardas autour et attrape celui de Benoît qu'il dézippe, léger voile dans son regard. Il palpe sourcilleux : découvre une étoffe. Pierre s'alarme. Un souci ?

Totof

De l'autre côté du mur, Tof fouille d'abord les buissons – après tout, ça rime avec ballon. Rien de transcendant, malheureusement, sinon quelques cadavres de bières, un vieux paquet de chips au vinaigre. D'autres sont venus, il y a longtemps, étiquettes délavées, et goulots souillés de terre. Logique, l'endroit est la cachette rêvée, à l'abri derrière son enceinte. Tof n'avait pas fait le rapprochement mais bien sûr, il est dans le parc du château. Abandonné. Enfin, qu'on croit. Et dont le proprio serait un vieil aristo, dixit la rumeur. Certains prétendent qu'on le croise au marché, le mardi, à Brissac. Mais c'est loin. Personne ne l'a vraiment vu.

N'empêche, ça reste LA légende de la colo. Transmise saison après saison pour faire peur aux petits, vierges des tourments du monde, qui frissonnent en imaginant ce sorcier à la barbe broussaille et le manoir vorace, prêts à les engloutir. Objectif : éprouver leur courage et faire d'eux des apprentis d'hommes. Tof a toujours trouvé ça con et pourtant, lui aussi en passe, des soirées, menton défiguré par une torche retournée, à prendre sa grosse voix pour jouir de ce maigre pouvoir, s'ériger en gaillard revenu de la vie, prêt à affronter, pas mauviette.

Sauf que. Le léger creux que Tof ressent dans son ventre ressemble bien à de la peur. Et il songe, tiens, c'est bandant, la peur. Oui, ça l'excite moitié, cette part d'inconnu qui attend peut-être, fébrilité pareille à la végétation confuse, qui déborde et cache autre chose, qui sait. Tof respire prudemment, manière de calmer son pouls et, étrangement, de savourer aussi. Sentiment grisant de ce qui peut advenir. Il s'accroche au réel, visible – pulmonaires à l'orée du sous-bois, rudbeckias qui flétrissent. Ce scarabée, aussi, et, bien sûr, le grondement des butineurs, sur le lierre en fleur. Mais Tof s'émeut surtout de ce qui n'est pas palpable. Il s'imprègne, son cœur un tambour. Et croit renifler un filet d'air, comme une sous-couche plus fraîche qui caresse. Derrière des rhodos défleuris, on imagine une mare, un bassin, croupis de nénuphars fanés. Tof chemine et remonte le jardin avec précaution. Il écarte une fougère, se baisse sous une branche. Bonne pioche, les libellules pullulent et l'eau est là, patiente. Les rebords sont de pierre, la mousse court, partout, une fontaine obstruée de calcaire et les silhouettes langoureuses des poissons. Quelques carpes, et au milieu une sphère blanche, incongrue.

Le ballon.

Tof s'approche, cotonneux. Un papillon virevolte et se pose sur son doigt. Il envisage un temps de presser ses phalanges, d'écraser ses ailes, mais le creux de sa paume l'étonne, incandescence visqueuse, mêlée de sueur et de crasse marronnasse. Et lentement se défait l'impression du réel, Tof comprend. Il ne s'est pas seulement écorché aux tessons, là-haut sur le mur, il pisse carrément le sang. D'où son vertige. Regard rapide en arrière. Le mur est trop haut.

Zéro échelle, ni escabeau, impossible d'escalader. Et le sang s'écoule, le flux est nourri. Nul besoin d'être médecin pour comprendre que c'est pas bon.

— Pauline ? il hasarde timidement.

Le silence ; que le bruissement des insectes. Il réitère plus fort, sans y croire vraiment.

— Les gars ?

Rien. Un bruit étouffé, peut-être, les cris des autres au loin ? Tof frémit, va falloir gérer seul. Il retire son T-shirt, sa peau souillée de transpiration et son sel séché. Il enturbanne la plaie, il pourrait la tremper dans la mare mais se ravise. Ça sent la septicémie. Si l'aristo existe, peut-être qu'il peut l'aider. Direction les bâtiments, qu'il devine par-delà les marronniers cramés. Les bosquets lui montrent la voie et le château émerge, menaçant, les mômes peuvent trembler sous le duvet. Tof scrute la cheminée brinquebalante qui surgit par-dessus la canopée des platanes. Des ardoises manquent aux abords, tout paraît fermé. Et s'il n'y a personne ? Et si l'aristo a clamecé, rendu à sa simple légende depuis longtemps ? Rien que l'absence, et lui, Tof, qui se vide comme un pourceau. L'angoisse le gagne, bien réelle, cette fois. Mourir pour un ballon, c'est trop con.

Pierre

Pierre s'inquiète de l'expression de Farid, qu'est-ce qui se passe ? Celui-ci ne répond rien et reprend ses recherches, referme le sac de Benoît et farfouille une autre poche, prudemment. Son visage s'illumine, il dégaine un canif, Pierre s'étrangle. À la vue de Farid qui s'approche, sa lame au soleil, Pierre fait moins le malin, rajuste son T-shirt et fixe seulement ses pieds. Avant de murmurer dans un rauque, jouant son va-tout :

— Va te baigner.

— Tu comptes l'enlever comment, ton truc ? Avec un troisième bras ?

Farid a raison.

— Allez, tu m'enlèves ton T-shirt.

La voix est ferme. Farid attend, lame tendue. Alors Pierre soulève, timidement d'abord. Mais Farid, ça l'agace, ces précautions, il attrape l'étoffe par les bords et tente de faire passer la tête, Pierre retient, ridicule, mais il ne contrôle pas, il anguille ; plus fort que lui, Farid tire plus sec et

crac

qui déchire.

Tout jouasse, Farid tient un bout de T-shirt dans sa main. L'autre est dans celle de Pierre.

— Déso !

— Il était foutu, toute façon.

Vaincu, Pierre pivote sur lui-même, torse nu, et présente son dos à Farid. Il inhale fort, se concentre sur sa respiration pour éviter de penser à la main de Farid, froide, qui se pose à plat sur son omoplate. Frémissement. Farid retire ses doigts pour frotter sa paume contre le tissu de son short, et rebelote. Sa peau chaude sur l'épaule, cette fois.

— Tu bouges pas, surtout. Je veux pas te blesser.

Pierre voudrait mourir, là, tout de suite, de savoir son corps exposé. Le vertige le gagne, sa vue se trouble, il ferme les yeux pour raccrocher. Les images vacillent, les instants surgissent et Pierre, soudain, épiphane.

La crapette, les parties de cartes et l'envie de baignade...

Tout ça, c'est du fake ! Mais oui, évidemment. Depuis le début, Farid gagne sa confiance, il l'endort pour mieux saisir sa proie. Jusqu'à ce moment, propice. Quand Pierre est le plus vulnérable, sa bedaine à la vue. C'était ça, le plan de Gus, l'apothéose de leurs deux putains de mois de colo : l'humiliation qu'ils s'apprêtent à lui infliger en surgissant soudain. Pierre veut se raisonner, comment auraient-ils pu prévoir la tong qui se coince, la chute, leur piège refermé. Mais il trépide. Son cœur s'accélère à l'idée que Farid a été désigné pour lui porter le coup de grâce. Après tout, son bras manquant le rend moins suspect – idéal pour l'inciter à baisser sa garde. Entre-temps, sa main valide passe sur sa peau, rassurante, l'entourloupe, elle esquisse un mouvement. Pierre tétanie, devenu un simple chien qu'on caresse, tout doux. Les doigts de Farid, son épaule nue constellée, et ses cheveux épais.

Soudain, une voix résonne, qui appelle. Pierre tressaute, haletant. Est-ce qu'il a cru capter « Les gars » ? Farid ne bouge plus, et susurre seulement « chuuuut ». Le cœur de Pierre explose sous sa poitrine, ça martèle à tout rompre.

Puis l'attente, longue.

Rien.

Farid, Pierre. Tout collés l'un à l'autre. Guettant l'appel répété. Mais non. Que la torpeur, et le silence avec. Est-ce que c'était le vent ? Pierre sent Farid qui se meut et la pointe glacée qui titille à nouveau. Occupé par sa lame, Farid flaire le regard de Pierre, et redresse son visage, dents serrées sur le manche en bois. Il sourit, indéfectible, lueur dans ses yeux difficile à qualifier.

Cet après-midi, dernier jour.

C'est ça, Pierre est un clébard qu'on calme avant de le piquer ; Farid va enfoncer le canif, un coup vif et intense, la lame va trancher, une décharge. Rayant Pierre, inutile, de la surface de cette terre. Trop moche ; trop suant. Trop poil.

Dire qu'il aurait pu aller se baigner.

Pauline

À peine la silhouette de Tof disparue derrière le muret, Gus retourne barboter. Le marigot saumâtre dans lequel s'ébat la troupe est dégagé. Quelques arbres languissent plus loin, une toile de fond. À peine si on devine le lit principal du fleuve qui s'étire, derrière. Pauline se rassure comme elle peut. Elle jouit d'une vue d'ensemble, même s'ils sont durs à suivre. Peu importe l'absence du ballon, ils s'en carrent. Et que Tof ne revienne toujours pas, tout autant. Elle, de son côté, aimerait bien le voir ressurgir. Ça fait quoi ? Cinq bonnes minutes, déjà ? Dix ?

Reste que ça part en tous sens. Lorenzo a de l'eau jusqu'aux genoux, là où Kev est à mi-cuisse. Logique, il est plus court sur pattes. Quant à Gus, son short de jogging moulant ne masque plus grand-chose de son anatomie. Parmi les garçons, c'est son corps à lui qu'elle a l'impression de connaître le mieux, sans cesse exposé, qui se dérobe, pourtant. S'échappe comme au ruisseau. Depuis son nombril, un fin sillon de poils s'enfonce sous l'étoffe jusqu'à ressurgir, diffus et épars, et s'arrêter au-dessus de la rotule.

Genoux, mi-cuisses, le calcul est vite fait : le terrain de jeu dans lequel les garçons se baquent n'a pas vraiment de fond.

Et quand bien même. Ils sont grands. Ils savent leurs limites, sauf Gus, bien sûr, mais c'est Gus. Youssou frappe l'eau du plat de la main pour asperger Pavel, qui fait l'hélicoptère en balançant ses bras démesurés, et titube ivre de tournis avant de sauter pieds joints pour inonder les autres. L'année prochaine, ils auront dépassé la limite d'âge. C'est la fin, songe Pauline. L'année dernière, elle a été malade, fin août, pas pu leur dire au revoir comme elle aurait aimé. C'est qu'on s'attache, à force.

Ça gueule et ça rit, ça réplique. Ça s'attrape par l'épaule, s'agrippe les uns aux autres. Ce n'est même pas dans la Loire qu'ils s'ébattent, en réalité, juste dans un bras mort dérivé, une boire ça s'appelle, mais n'empêche, Pauline sent un début d'angoisse s'infiltrer, péniblement. Les gars s'éclaboussent, piaillent à jouer à la guerre. Des gosses, zéro contrôle face au clapotis qu'ils font gicler sur la grève. L'air est moite et poisseux. Et ses mains à elle collent contre ses bras croisés, elle craint d'avoir le visage rouge. Plantée au rivage, elle est un plot, à regarder la vie s'épanouir à portée de doigt sans y prendre part, pas vraiment.

Pauline a cette sensation écœurante d'être déjà morte.

Pour s'occuper l'esprit, elle les compte, un par un. Manque Totof, encore. Elle espère qu'il a trouvé le ballon et ne s'aventurera pas trop loin voire, pire, ne s'enhardira pas à visiter le château. Elle compte de nouveau. Neuf dans l'eau, seulement. Pierre n'est nulle part. Elle recommence. Farid est absent, lui aussi. Les deux, donc. Farid, pourtant, paraissait motivé. Leur est-il arrivé quelque chose ?

Elle s'inquiète, pour eux comme pour Tof, c'est plus fort qu'elle. Et puis, cette image de neuf lurons qui s'amusent, chœur joie, sans avoir besoin d'elle... Pauline fait signe à Benoît et se dirige vers le pique-nique. À mesure qu'elle s'éloigne, leurs cris se tarissent.

Chaud aux joues, son excuse sera de leur rapporter un peu d'eau. Douce Pauline. Pauvre conne d'inutile Pauline, toujours à faire son aimable pour autrui. Elle ralentit le pas. Les scabieuses frôlent ses jambes, les fétuques chatouillent ses genoux et la tristesse écorche son ventre. Pauline voudrait pleurer. Elle s'arrête, subite, et regarde autour d'elle. Sol, dessus, et le ciel, partout, juste un nuage blanc que découpe le fond bleu, coton suspendu qui invite à caresser tout doux et à se blottir. Pauline voudrait plonger dans l'oubli, ne plus penser à rien. La chaleur vertige, sa vue se trouble, elle hésite à s'agenouiller mais une ronce l'érafle.

Reprends-toi, ils comptent sur toi. Et ton père aussi.

Un pied après l'autre, elle poursuit, les abeilles qui travaillent, et soudain, là-haut, près du pique-nique et des sacs, Pauline perçoit la masse assemblée, mal distincte.

Pierre. Farid. Un seul corps.

Pauline en mode pro, d'abord, pourquoi un couteau, c'est quoi leur délire, elle veut se précipiter et s'apprête à tancer, phrase malaxée dans sa tête : « Qu'est-ce que vous fabriquez, c'est dangereux ! »

Mais passé plusieurs mètres, elle fige, l'image nette, cette fois. Ses tempes tressautent, ses yeux clignent aux paupières. Pierre. Farid, oui. Seuls et profitent. Et elle a failli saccager tout ça pour simplement toper une gourde. Alors que... Là non plus, on n'a pas besoin d'elle. Pire, même, elle gêne.

Comme partout, d'ailleurs – on s'occupe, on agit. Sans elle, la vie. Pauline se mord les lèvres puis s'arrache une mèche de cheveux discrètement, pour sentir la douleur, surtout pas de grand geste, les laisser continuer. Et zou, demi-tour, elle descend.

L'eau attendra.

Totof

Cerné de végétation, Tof sent ses forces le quitter. Sur la terrasse du château, larges schistes disjoints, le ciment se fissure, mangé par le lichen. Il veut appeler, « Y a quelqu'un ? », mais sa voix est trop faible, il titube. De la main, Tof s'accroche à l'enduit qui s'effrite. Les volets se déboîtent, les baies vitrées résistent malgré ses efforts pour ouvrir, leur clenche enfoncée. Du coude, Tof peut tenter de casser le carreau, mais il hésite. Prendre le risque de saigner encore plus ?

Pourquoi pas se baigner dans la Loire, tant qu'on y est.

Il rase donc la façade décrépite. Le lierre gagne partout, s'infiltre. Tof progresse péniblement, la tête lui tourne, petit pas, petit pas, jusqu'à sentir sous ses tongs le dénivelé des marches. Il avance en s'aidant de la rambarde. Les dalles, un paillasson, des sabots ; une porte en bois, il attrape la poignée, les gonds grincent et Tof se retrouve dans une cuisine.

Refuge.

Les images lui arrivent par flashs, intermittentes, comme si parfois il perdait connaissance. Boîtes de conserve, plats tout prêts, un panier à chien en osier, son jouet nonosse élimé. La pièce arbore aussi un foyer, démesuré. Suspendus aux crochets, des cuivres verdissent, tomettes patinées, et des meubles formica s'alignent, anachroniques.

Tof farfouille, sa chance ! Premier tiroir, gaze et torchons réunis, comme un fait exprès. Un panier à bouteilles moisit dans un coin, il sonde les étiquettes : du Cointreau. Soit. Ça fera l'affaire. Il désemmaillote sa main, son T-shirt est un chiffon rougeasse, presque violet, il lave sa plaie à grande eau, dévisse le bouchon de ses dents et asperge.

— PUTAAAAAIN ça brûle !

L'alcool sa mère. Il réitère, rinçage flotte et rebelote - sa race, on s'habitue pas - puis se dépêche d'attraper une serviette. Il déroule de la ficelle de cuisine, tire avec les dents, ça glisse sur sa gencive, il douille encore plus, quel con. Mais il réussit à enrouler et à maintenir en place. L'impression d'avoir tout donné, l'énergie qui se barre. Tof se laisse glisser le long du placard jusqu'à toucher le carrelage froid, les tomettes font splotch. Flaque d'alcool, de sueur et de sang mêlés. Tof ne sait plus, ses yeux sont fermés.

Mauvaise idée, il sait bien, faut rouvrir, au risque sinon de ne plus se réveiller, mais juste pas longtemps, alors. Paupières baissées, il se concentre sur le cliquetis de la pendule, brumeux, les aiguilles l'invitent à les suivre, l'avancée des secondes, ça calme son vertige, des grondements ailleurs, depuis l'étage du dessus. Un meuble qu'on déplace ? Ou alors c'est l'orage qu'on entend ?

L'horloge passe la minute et Tof se demande : dans ses ténèbres, est-ce qu'il est seul ?

Pauline

Dans l'eau verte, la fête bat son plein. Quand Pauline rejoint la rive, le regard de Gus s'allume – elle craint fugace qu'il lise ce qu'elle vient de voir là-haut, Pierre et Farid, le couteau. Et le reste. Pire, elle redoute qu'il ne s'en serve, la questionne.

— Pauline !

Son cœur cogne. Gus l'appelle. Il hisse les bras en V, poils épars aux aisselles, et s'agite pour dessiner des vagues, algue ondulante au courant. Souple, gracile. Ses mains caressent la lumière, l'emprisonnent entre ses doigts. Il fixe Pauline du bleu sombre de ses yeux puis, sans prévenir, il tombe à genoux :

— Où étais-tu, ô sourde absence ?

Héros antique dévasté par le manque, on s'y croirait. Il sera comédien, obligé. Voilà qu'il s'incline et plonge la tête sous l'eau, bras en croix, la masse de son dos carapace qui émerge, le dessin de ses vertèbres. Pauline se demande ce qu'il trafique et soudain, son visage se redresse. L'eau vole, son œil fou comme un masque, il se lève et s'avance fier vers elle :

— Les simples mortels, déçus, ont cru que le ciel t'avait prise.

Pauline fond, il est parfait dans son rôle. Gus s'engouffre dans la brèche, bouffée lyrique :

— Cruelle pythie dont le rire est aux hommes un poignard au poitrail.

Gus se frappe la poitrine, déchiré de tourments. Pauline se prend au jeu ; elle s'enhardit, fait un pas de côté :

— La cruelle pythie était partie faire pipi.

Gus manque pouffer mais se reprend. Et gémit l'intensité prétendue de sa douleur. Il en fait des caisses, sons gutturaux, démarche qui lutte faussement contre les flots, et se détourne pour glisser un mot à l'oreille de chacun. Pauline s'émeut, avec Gus, on ne sait jamais, et voici que, tous en branle d'un même élan, ils miment une transe collective et le retour des fidèles, qui scandent ténébreux :

— Pauline ! Pauline !

Leurs voix d'outre-tombe.

— Pauline ! Pauline !

Ça va lui manquer, tout ça. Elle tergiverse, l'eau invite, mais elle doit pouvoir sonner l'alarme au besoin. C'est sa dernière chance, pourtant, de ne faire qu'une avec eux. Au bord à gauche, Benoît a les orteils dans l'eau, ça suffit pour réagir quart de tour si besoin. Il observe le manège, attentif et sans doute un poil jaloux. Plonger dans la flotte et n'être plus qu'une ado insouciante parmi d'autres, prise au jeu flamboyance ? Elle en meurt d'envie.

— Pauline ! Pauline !

Non, vraiment, ses mains refusent, elle est bien, là, à surveiller. En marge. Et puis, son futal serait trempé, mais impossible de remonter se changer, déranger Pierre-Farid. L'instant aura fui, de toute façon, la bande de baigneurs aura basculé vers un autre défi et elle restera, pauvre conne en maillot détendu, les bras lovés aux épaules pour masquer son décolleté. Gus, les autres redoublent de cris, claquent la surface en rythme pour faire jaillir l'eau, leur chant perce le ciel, connecte aux nuages, elle a les yeux qui pétillent, les dents qui dévoilent et certains se risquent désormais, ils l'arrosent, timidement d'abord mais inévitablement, ça gonfle.

— PAULINE, PAULINE, PAULINE !

Elle rit, bordel, que c'est bon. La joie qui déborde. Leur vie tout entière se résume à ça. Ce moment.

Pauline va-t-elle aller à l'eau.

Le passé, l'avenir, rien n'importe, que ce moment précis. Et ça y est, elle se sent flancher, on s'en fiche de Tof, du château, bienséance et le reste. Les barrages cèdent et elle bazarde ses ballerines. Gus démarre :

— Allleeeeeeeeeeeezzzzz !

Elle hasarde un pied, leurs regards incendiés, Gus s'élance vers la grève, sa silhouette à hauteur, et l'audace, il attrape sa main, s'autorise un déhanché épaule et hop, preste, il la cueille sous les genoux, il est fou mais elle laisse faire, légère comme jamais, il la porte qui hurle pour finir balancée à la flotte,

plouf.

Secouée, confuse mais terriblement vivante, son tour. Pauline a de l'eau partout, des algues dans les cheveux. Et ce rire. Son rire à lui. De toutes ses dents. Elle oublie toute fâcherie, écarte la retenue, qui voudrait rappeler qu'elle est l'adulte et lui le colon, balec comme ils disent, la vie est belle. Elle se précipite tête foncée pour lui plonger représailles sa bouille irrésistible sous l'eau.

Elle l'aime. D'amour, enfin elle croit.

Dans l'élan, elle perd l'équilibre. Le crâne de Gus se dérobe sous sa main, aucune prise, Pauline cherche la surface et remonte, sauf que - il y a plus de profondeur qu'elle croyait. Le sol se rebelle, le sable traître et meuble niche parfois des cuvettes. Leur jeu a troublé l'eau, surface et dessous, ses yeux ouverts lui piquent, Pauline n'y voit plus et puis, ses cheveux collent aux tempes, où est Gus. Que le verdâtre autour, ses mains cherchent, elles brassent l'eau. Rien, putain, rien. Pauline se débat forcenée et enfin sa bouche retrouve l'air, grand inspir, elle crache sa salive et dégueule les algues, de sa main dégage la touffe crasse plaquée sur son front.

— Gus ? elle chuchote en tentant de calmer l'angoisse de sa voix.

Elle s'esquinte les paupières à frotter pour voir clair. Rien, la surface opaque et les autres, qui scrutent, le silence. Au bord, Benoît percute, ses années d'expérience, la bascule possible à chaque instant, « la responsabilité permanente instantanée », qu'il appelle ça. Ils croisent le regard, lui, elle. L'insouciance s'éteint d'un coup d'un seul.

Plus fort, Pauline réitère :

— Gus ?

Jonas s'approche le premier, enjambées inégales, son corps pataud et sa gorge à elle s'étrangle, elle voudrait hurler mais la panique tétanise. Gus ? Où tu es, putain ? C'est bon, c'était drôle, on a compris, t'es le plus fort, tu t'es bien caché, j'ai eu peur, t'as gagné.

Alors sors. Bouge.

Crie.

Pierre

— La lame est trop épaisse, ça marche pas.

Pierre sent sa bouche asséchée. Alors quoi ? Le tétanos, finalement ?

— Je vais essayer avec les dents, annonce Farid.

Il attrape une gourde et se rince la bouche, gargarisme, puis la tend à Pierre, qui refuse.

Oublie, on les rejoint, c'est pas grave.

Pierre pourrait dire ça, oui. Zapper le tétanos, gagner la Loire, et laisser le reste pour plus tard. Sauf que, son T-shirt déchiré et le sang qui perle, comme griffé. Explicable, mais tendax pour deux gars censés jouer tranquille à la crapette. Et mentir n'est pas dans ses cordes. Aux questions posées par la troupe, il ne saura que sourire, connement, et ça peut vite déraper. Gus rôde toujours. Sans compter que Pierre n'a pas du tout envie de dévoiler ce corps qu'il hait, quelques heures seulement avant la fin. Il a tenu tout ce temps. Il s'est douché tard, chaque soir, furtivement, histoire d'éviter la cohue du matin, leurs regards sur son flasque. Il a esquivé toute baignade et même réussi l'exploit, se changer sous la couette, toujours, sans qu'on remarque. Et maintenant ? Tout anéantir dans la dernière ligne droite ?

— Penche-toi un peu.

Pierre s'incline, la douleur reste intacte et son appréhension décuple à l'idée de ce qui peut survenir. Les autres, qui reviennent. Et avec eux, la honte ? La honte. Les lèvres de Farid se posent. Aussitôt, le taquin de l'émail, ses dents s'excitent contre la mini barre de fer, fichée au creux des vertèbres. Pierre ne dit rien, seul son corps fait des siennes, ici, là, sans qu'il comprenne bien ce qui se passe. Envie de hurler, le contact sur sa peau détestée, surface immonde et grumeleuse, l'épiderme huileux. Farid s'obstine, il humecte, recrache, s'acharne. Pierre voudrait demander « Tu y arrives ? », mais peur de sa voix qui sonnerait incongrue, et que ce soit fini, déjà, les lèvres de Farid, sa main chaude qui cambre le dos de Pierre, masse et apaise tout pendant, se meut subtile pour calmer.

C'est l'inverse, Farid, plus tu bouges
ta main, plus ça palpite.

Sa bouche grandit jusqu'à emplir tout l'espace, le doux de l'air qui effleure, son torse nu caressé par la brise, ne pas ouvrir les yeux, surtout, est-ce la langue de Farid, goût mouillé - et l'écharde ? Il n'y a plus d'écharde, seulement sa main qui s'appose, un peu, subreptice, impression nouvelle, peau exposée mais libre, son bras descend, sûr et impatient à la fois, et les lèvres de Farid demeurent, une miction, comme un baiser. Qui s'attarde.

Alors le temps se fige. Et Pierre, suspendu, hésite, plus rien que ce baiser. Il croit s'entendre souffler « Continue » mais il ne sait plus si ce qu'il vit, ce qu'il dit, est dans sa tête ou dans l'instant. Farid. Sa langue remonte plus haut tandis que le moignon se presse tout doux contre l'épaule, semble vouloir le pivoter, l'autre main, chaque doigt, en apesanteur contre le duvet du bas du dos, Pierre frissonne, Farid est partout.

L'éternité.

Pierre ne veut pas que ça s'arrête. Il ne veut pas regarder, ni revenir au soleil, vers les autres. Rester dans le flou. Avec Farid. Et la voix de Farid dit encore :

— C'est sorti, je crois.

Un cri. Comme un prénom, puis un autre. On croirait entendre « Gus » mais pas sûr. Et « Reviens ». Enfin, Pierre croit. L'instant fuit. Farid lui sourit, clin d'œil et geste du menton :

— Il te reste une écharde, là.

Pierre baisse le regard. Il bande. Ça se voit au travers, malgré son bermuda trop large. Il voudrait s'évanouir sur place, se dissoudre dans la masse inerte de l'univers et ne plus être que l'autre instant, celui de juste avant. Mais nouveau cri, contrebas, limite panique. Leurs regards se croisent. Pierre, Farid, ça pétille.

— GUS !

Comme une onomatopée. C'est sûr, cette fois, on appelle. Farid se mordille les lèvres.

— Ça crie vraiment, là.

Regard inquiet. Pierre est déçu. Mais Farid a cette phrase :

— On n'a pas fini la partie, buddy.

Totof

Trois minutes; c'est le laps de temps compté par Tof, seconde après seconde, jusqu'à récupérer. Du moins, faire la part des sensations, entre la torpeur écrasante, même à l'abri des murs, et son corps qui se vide, auréole rouge imbibant la serviette, basocellulaire malsain décidé à grandir sans qu'on se rende compte, imperceptible. Il tient bon, doit bien y avoir une salle de bains, dans leur manoir hanté – les grondements de tout à l'heure n'ont pas recommencé mais l'atmosphère reste étrange. Tof trouve l'escalier, colimaçon de service qui s'enroule derrière une porte. Il monte.

Sa main sur la rampe vernie le lance, faut vraiment stopper l'hémorragie, trouver un téléphone ou la sortie, rejoindre les autres et réclamer des soins. L'attention. Mais sans doute qu'ils s'amusent, et s'en foutent. Au mieux, sont en train de se noyer. On ne voudrait pas les déranger.

Une par une, Tof gravit les marches jusqu'au palier, l'enveloppement du noir, à mesure, les volets de l'étage sont fermés. Il se guide à tâtons, tant pis s'il tache les tapisseries. Ses pas grincent le parquet, régulièrement il s'arrête, personne n'habite là, c'est évident. Tout sent le vieux. Pire, même. Une odeur fétide et violente le prend soudain à la gorge. Il suit.

Un chambranle, il devine une pièce carrelée qui refoule l'égout, à vomir. Il se pince le nez et bute sur ce qu'il croit être une baignoire, sa tong fait floc, splash, slurp, ou les trois à la fois. Il ne distingue pas bien mais il heurte un mur, renfoncement, et découvre un loquet. Hop, il tire fort pour sortir la ferrure qui a joué, le bois gonflé de chaleur, il pousse le volet pour faire entrer l'air, le jour. Plein fouet, la fournaise ; la façade est au sud, ses yeux aveuglés prennent le temps de retrouver leurs marques. Faïence mauve, frise douteuse d'orchidées à l'éclat passé. Sur une chaise bancale, un pyjama, soigneusement plié. Et un placard toute hauteur dégueule de médocs, coton hydrophile, lotions poussiéreuses. Il cherche les dates, dégote un désinfectant expiré depuis quatre ans et entreprend de démêler son bandage. Ouf, le sang ne coule plus, juste ça brûle. Minutieusement, Tof tamponne, il enveloppe d'une compresse. La mort devrait attendre. Tof range les bouteilles, le coton. Il referme la porte du placard et se retourne côté couloir. Sa mâchoire explose. C'était bien une baignoire, qu'il a heurtée en entrant, l'eau à terre.

Mais pas que.

Un corps, un corps est là-dedans, dans une eau saumâtre de savon dissous. Des méandres d'écume ondulent en surface autour de la masse grise et ridée, la peau tendue, jaunie par endroits. Tof voudrait disparaître. Se téléporter tout en haut du mur et remonter le temps, jusqu'à la passe de foot et le ballon qui bascule. Au commencement. Fuir cette salle de bains crasseuse où surnage un corps boursouflé. Comme un ballon qui flotte.

Pauline

Les yeux rivés sur la surface, Pauline panique. Gus ? elle murmure. Sors. Bouge. Crie. T'as gagné, je te dis. Gus ?

Improviste, la surprise la saisit par l'épaule et la recouche à la flotte. Elle boit la tasse, pas prête, sensation d'étouffer et qu'un paquet d'eau déferle, elle agite les bras mais rien pour s'accrocher, elle bascule et ses jambes la lâchent, le flux l'assaille de partout, elle se sent partir puis, miracle, le sol se reforme, ses mains palpent et flageolent, sa nuque déplie jusqu'à sortir la tête hors de l'eau, le ciel bleu et les arbres, un flash, et cette lumière, jaillie : Gus !

Son visage hilare, il a dû nager ras le fond, tenir l'apnée une minute, au bas mot, s'écorcher le ventre à râper le sable, rougi de frottement, et endurer les cailloux pour la contourner et lui ficher la trouille de sa vie avant de l'attaquer par-derrière. Pour la blague.

— Putain j'ai eu peur, elle fait, penaude.

Petite voix ridicule dans le clapotis qui s'apaise. Quand son sourire et sa victoire à lui, splendides. Le bruissement d'un héron envolé, que gêne leur bordel. Et les autres sont en rut, soufflés du spectacle.

— C'est qui le plus fort ? fait Gus.

Il tambourine son torse en gorille, fier alpha. L'énergie, l'évidence. Tout ce qu'elle n'a pas.

— Putain, tu fais chier, elle parvient à articuler.

— T'aurais eu ma mort sur la conscience.

— Tu me refais plus jamais ça.

— Oh dis donc. C'est pas toi qui as commencé, peut-être ?

Mouchée.

Avec un autre, ce serait de l'insolence. Mais c'est Gus. Pour la peine, il lui relance un peu d'eau. Lui. Elle. Il se mordille la lèvre, cet air de garnement qui cherche sa connerie, son regard s'illumine et il gueule, insatiable :

— Le dernier au banc de sable tout là-bas est une poule mouillée !

— GUS ! Non !

Cette fois, Pauline refuse. L'iscle en question borde le lit principal du fleuve. Presque rien vu d'ici, juste une langue jaune et grège qui s'étire, peu de courant, la Loire de fin d'été, quoi. Tout le monde est trempé, on n'est plus à ça près, mais au fond d'elle une voix dit stop. Alors Gus ferme les yeux, les rouvre puis simule l'inspiration divine. Ses bras touchent le ciel, Pauline l'implore du regard mais il lui sourit bien droit, mate ostensible ses seins - révélés par son T-shirt mouillé, qu'on dirait droit sorti d'un vulgaire film de charme. Pauline comme salie. Et les lèvres de Gus articulent méchamment « On s'amuse », enfin elle croit, car il ne timbre pas, comme s'il voulait qu'elle soit la seule à entendre. Et déjà il s'élance vers le fleuve. Pauline sent le vent tourner, ses réflexes de mono reviennent au galop.

— Vous attendez ! elle assène.

Benoît lui vient en aide. Dingue, un sursaut d'autorité ! Il aura donc fallu le dernier jour pour qu'il s'éveille enfin...

— On va y aller tous ensemble, il décrète. La Loire, ça déconne pas. Faut faire gaffe.

Pauline est sans voix. La Loire, c'est no-go zone, tout le monde le sait ; mais Benoît semble ailleurs. Perché loin.

Gus, lui, a la banane jusque là. La réaction du dirlo le confirme, c'est bien lui qui fait sa loi. Règle tacite de la colo, dès le départ : tout le monde lui passe tout sauf que, cette fois, il pousse au cran max. Avec, toujours, ce besoin de tester les limites. Comme quoi, il reste un enfant. Déjà, ils prennent possession de l'espace. Nathan casse une branche et course Adone pour le fouetter. Ça gazouille en rangs serrés, ça excite les gars, de faire leurs cacous à grimper sur un tronc mort immense - cadavre de chêne ? - qui pourrit au soleil, l'eau derrière. Gus bondit, agile, il se hisse des deux mains et se dresse sur une jambe, fier comme Artaban. L'éclat de ses dix-sept ans.

Pauline voudrait qu'il descende, la boule qu'elle connaît trop - celle qui jaillit chaque fois que son père s'endort, cette peur qu'il ne se réveille plus - est revenue. Ça risque rien, elle sait, c'est qu'un arbre. Mais la boule est là, dans son ventre ; elle repense à Tof, toujours pas revenu et voici que les gars entonnent leur chant. Celui des partisans. Ils n'y comprennent rien mais ça leur plaît, le côté martial. Articulent chaque parole fièrement, sensation de faire la révolution alors que, dès la rentrée, ils vont couler sagement dans le rang.

Demain, du sang noir séchera au grand soleil sur nos routes.
Chantez, compagnons, dans la nuit la liberté nous écoute.

Totof

Dans l'atmosphère étouffante de la salle de bains, Tof s'avance – d'un pas seulement, puis deux mais pas plus – pour confirmer ce que son cerveau, son corps aussi, savent déjà.

Il est mort.

Le corps dans la baignoire. L'aristo – qui d'autre – est mort. Combien de temps qu'il est là ? Et pourquoi ? Est-ce qu'un autre est venu, avant lui, cambrioler, et s'est fait surprendre, aura paniqué avant de tuer, sans réfléchir ? Ou alors c'est l'aristo qui a pris peur. Arrêt cardiaque. Mort sur le coup.

Tof détaille le visage. Le cadavre a l'air endormi. Simple sieste dans la moiteur de cette fin d'été. Son cerveau lui enjoint « Casse-toi, putain, c'est la merde ». Mais son corps résiste, lui dit : « Approche, et observe. Profite. »

Plouf.

Tof tique. Le corps a fait plouf. Bêtement plouf. Une bulle vient de remonter à la surface, Tof le jurerait, main à couper. Est-ce que le gars est vivant, finalement ? Il avance d'un pas, envie de rire. Le visage émacié est impassible, les cheveux flottent, collés contre l'émail terni. Plouf encore. Tof fige et, un peu couillon, se hasarde à demander :

— Monsieur ?

Rien que les bruits de nature, au-dehors. Les grillons s'épuisent. Encore :

— Monsieur ?

Une vague réponse, au loin. Un cri strident, peut-être d'oiseau. Tof soupçonne les autres, occupés à batifoler. Hors-champ grésillant, des gamins qui papillonnent quand lui, contraire, touche de près ce qu'est la vie. D'autres cris, encore, plus vifs. Tof se précipite à la fenêtre. Est-ce Pauline qu'il entend hurler ? Il rattrape le volet, clenche les deux battants et referme la crémone. Aussitôt le son coupe, presque rien que le calme humide de la pièce, les résonances diffuses, un éclat, comme un acouphène dont Tof ne sait s'il provient de l'extérieur, flux lancinant qui l'irrigue, les autres, toujours parasites, ou si c'est la fatigue. Envie de silence, que le bruit se taise. Pour la forme, Tof murmure à nouveau :

— Monsieur ?

Monsieur ne répond pas, non bien sûr, blanc comme le cadavre qu'il est, pas qu'aux épaules, le creux de sa joue, aussi. Déjà tout pourri, dedans. Plouf, c'est le corps en vidange. Les gaz s'échappent. Son âme, peut-être. Si c'est le cas, ça en dit long sur l'essence des hommes.

Tof caresse la baignoire de ses doigts. Se risque à les plonger, l'eau tiède. Les yeux sont fermés, la bouche entrouverte, Tof s'assoit du bout de la fesse, le rebord convexe blesse un peu sa chair maigre, il avance sa main avec précaution.

Dans un film, le bras du cadavre surgirait et lui coincerait le poignet ; mais on est dans la vraie vie. Délicatement, Tof touche de l'index le froid de l'épaule. Parfaitement rigide, la peau repousse le contact. La paume à plat, il épouse l'arrondi un peu saillant, la clavicule fatiguée. Il frissonne en scrutant le visage apaisé. Est-ce que l'« aristo » a voulu mourir ? En se disant que plonger suffirait à tout faire disparaître ?

Pauline

— C'est quoi, les bails ?

Pauline sursaute. Avec les gars qui chantent à tue-tête, elle n'a pas entendu Farid s'approcher, torse nu à un mètre. Pierre les rejoint, essoufflé.

— Ah quand même ! elle s'exclame.

Son ton est acerbe, elle s'en veut aussitôt : Pierre porte la chemise de Farid, la rayée, elle s'excuse mais c'est pire, Pierre blêmit. Vite, enchaîner, faire oublier qu'elle a vu la masse assemblée, le canif, tout. Elle reporte sur les arsouilles occupés à se baigner :

— C'est rien, ils font les cons.

— Vous avez pas crié ? s'inquiète Pierre.

— Si, mais ils s'amusent, c'est tout. On n'attendait que vous.

Putain mais ferme ta gueule.

— Merde, s'énerve Pierre. On est venus pour que dalle.

Il est rouge vif, au bord de pleurer. Farid calme le jeu :

— C'est rien, Pierre s'est gaufré et il a déchiqueté son T-shirt.

— Ah mince, la pharmacie est là-haut, au pique-nique, s'empresse Pauline.

— Non mais ça va.

— Mais si, bafouille-t-elle, confuse. C'est dans le sac de Benoît. Benoît !

Il n'entend pas.

— Ça va, je te dis. Pas besoin du sac.

Pierre donnerait sa vie pour qu'on passe à autre chose :

— Mais toi, t'es trempée ?

— Ils m'ont foutue à l'eau, pour rire.

— Tout habillée ?

Pour la peine, elle essore son T-shirt. Ça sèche, mais un restant d'eau tiédie s'écoule sur sa cuisse. Farid s'étire en se passant la main dans la nuque. Ça fait ressortir son nombril.

— Ah ouais, donc c'est vraiment le dernier jour, quoi. Madame Pauline se lâche.

Madame. Est-elle si vieille à leurs yeux ? Sa gorge se noue.

— Vous avez pas revu Tof ? s'inquiète-t-elle.

Ça fait quoi ? Vingt bonnes minutes, maintenant ?

— Négatif.

— Bon, je reste avec les affaires. Allez vous amuser, vous. Enfin, en faisant attention...

— Sur leur tronc pourri ?

— Leur formidable navire pirate, tu veux dire.

Et de fait, Kev et Nathan sont à bloc, à faire semblant de ramer. Lorenzo a pris place à la poupe, il manœuvre le gouvernail comme au cœur d'une tempête, brave les éléments - Pavel l'asperge pour faire croire aux déferlantes. Au bout du tronc, Timothée mime un plongeoir, tandis que Youssou court tout autour en poussant des cris d'Indien – trublions jamais au repos. Farid fait craquer ses phalanges :

— Bon, allez, je les rejoins.

Pierre donne l'impression de se liquéfier, les yeux écarquillés, mais Farid s'élance déjà pour rejoindre la fine équipe.

— Fariiiiiiiidddeeeuuuhh !

Gus agite les bras. Et Farid rugit :

— À l'abordaaaaage !

Pauline tente de crier plus fort :

— Non mais faites gaffe, quand même ! Si vous vous faites mal, je vous préviens, je m'en lave les mains.

Gus s'en contrefout, ou plutôt s'en nourrit, même, comme un combustible que la colère des autres enflamme, et il gueule « Geronimooooo ! » le regard fiévreux, en sautant à pieds joints sur sa branche. Et encore. Dans sa barbe, Pauline murmure « Parle à mon cul ». Au même moment, un décalage d'image, comme un cut dans la scène.

— GUS !

Elle crie sec, ça sort tout seul. Alors qu'il est là, sous ses yeux. Gus. Intact sur sa branche. C'est Pavel qui vient de disparaître, elle confond, son bras s'est tendu, Pavel a descellé ses lèvres, même d'ici elle a vu sa bouche se tordre, ses doigts s'écarter et en même temps son regard se teinter d'effroi.

Et puis plouf.

Le fleuve

Le vent bute aux premiers contreforts et, réaction, enveloppe le plateau d'une caresse froide, à lécher les chemins piétinés des troupeaux. Les ombres sont cuivrées, tourbières qu'ont glacées les grêlons. Les abreuvoirs débordent, s'infiltrent au volcan, faisant des pâtures une éponge.

Les masses sombres s'accrochent au Luguet, s'enroulent sur les hauteurs et ternissent les fenêtres, même aux adrets. La pénombre partout, et du noir un grondement surgit, sourd d'abord, et les éclairs découpent les crêtes, Sancy et Cantal réunis dans le déluge qui s'abat. Le rideau déferle. Les gouttes s'insinuent, patientes, se mélangent au gravier et achoppent sur l'argile. Le sol gorgé rend surface. Simple jaillissement d'abord, la Sianne se nourrit et, au fil des heures, devient ruisseau, serpente, noyant les prés. Le flux cascade, gonfle et déverse en vallée, au levant, jusqu'à suivre les plaines moins hostiles. La Loire.

En un rien de temps, le flot monte et rejoint les bras morts, lèche les racines et se charge d'alluvions. Au loin, là-bas, le Cézallier retourne au soleil. Mais le fleuve prend ses aises et s'étire, son lit grandit.

Une larme, à l'échelle du monde. Mais à force, la source façonne le paysage qu'elle traverse.

L'eau s'avance.

L'AMONT

(30 août, soir – 31 août, matin)

Totof

— Allez, on dépêche, là.

Les gars sont contents de leur escapade canoë, courses de rames effrénées et canards caillassés - oh ça va, on rigole, je l'ai même pas touché. Le dîner s'engloutit en vitesse car ce soir, c'est sortie à nouveau. Au revoir, la fumée, les patates sous la cendre, les anguilles rissolées et la graisse embrasée.

— Hop hop hop on déjouque, s'énerve maintenant Benoît, les chauffeurs nous attendent.

Tof prend place sur la banquette arrière, et Gus fait le show tout le trajet. La bonne ambi, mais vraiment, l'effervescence à son comble. Et c'est dans une atmosphère surchauffée que les deux cars affrétés manœuvrent finalement sur le parking, serrent leur frein à main tandis que Benoît dévoile aux colons sa « surprise » de fin de séjour :

— Nous voici donc arrivés à destination. Transportés à des milliers de kilomètres, au pays du soleil levant.

Hein ?

— Magie de la nuit ! le dirlo s'enflamme.

Au programme, soirée botanique : deux heures lumignon en main à explorer un parc oriental. Sérieux ? Ce bouffon croit que les gars vont se réjouir de clignoter de la torche pour des hortensias penaille et une azalée fanée ? Tof hallucine. Devant l'air déconfit des plus grands – les petits ne percutent même pas les mots « oriental » ou « lampion » –, Benoît se hasarde à faire le guignol en massacrant *Nuit magique*, tube inaudible des années 1980. Vu que les trois quarts des colons se bouchent les oreilles, et que Gus menace de répliquer à coups de tatane contre le pare-brise, le dirlo se résout vite à rendre les armes, soucieux de rester leur « copain » :

— Bon, en vrai, c'est obligé, rapport au projet pédagogique de la colo. Il nous fallait une activité culturelle.

Pauline soupire, réflexe qui révèle ce qu'elle pense des « méthodes » de son chef. Et Tof songe que c'est vraiment nawak, de les avoir fait bouffer à 18 h 30, une veille de fin de colo, pour un truc aussi yolo. Mais va pour la balade au jardin. À peine hors du car, les minots sont craintifs, ça se lit dans leurs yeux. Pétris des légendes dont on leur bourre le crâne, ils serrent fort la main de Fatou, Paco, Louise ou d'autres, à la fois apeurés et ébaubis devant les lanternes imitation flamme qui essaiment les allées, la silhouette des topiaires, cette atmosphère étrange, et le ponton japonisant. Tandis qu'une badgée aux allures de stagiaire leur distribue plans phosphorescents et frontales estampillées, Gus, évidemment, brandit l'honneur des vainqueurs – les jardins, c'est pour les nains – et propose d'enquiller sur une chasse à l'homme :

— C'est comme une course d'orientation !

Un voile triste dans le regard de Benoît. Déjà, il sait sa défaite, la déferlante Gus.

— C'est quartier libre, hein, il concède. Donc les grands, vous faites comme vous voulez, je vous force pas.

Tof rezippe son sweat à capuche, l'air est frais. Prudemment, Pierre tente d'en motiver certains sens inverse, « Viens on visite le parc plutôt que cette chasse à la con qu'on pourrait faire n'importe où ». Mais sa voix se perd dans le vide et personne ne réagit, sauf Farid qui le prend à part pour le convaincre, le rassurer, qui sait. Gus fait mine de plouf plouf pique nique douille c'est toi l'andouille. Bingo, il décrète que c'est justement à Pierre d'endosser le rôle du gibier.

— Même pas en rêve, celui-ci s'insurge.

Il tire sur ses manches de pull et paraît rabougrir.

— Ça va, on joue, le taquine Gus.

— Jouez si vous voulez. Sans moi.

— Putain, t'as peur de quoi ? On s'amuse, c'est tout !

Farid arrive à la rescousse :

— Je le fais, moi.

— T'aimes te faire chasser ?

— Quoi, faut un diplôme ? Je vous sème en deux-deux.

— OK. T'as six minutes.

Farid décampe dans la nuit. Sans tarder, Gus ordonne :

— Horloge humaine.

Tous s'alignent, Tof compris. Même Pierre s'exécute, décidé à faire profil bas. Pavel a inventé le concept : six gars à la file. Chacun compte jusqu'à dix dans sa tête, puis avance d'un pas. Six fois dix égale soixante, le dernier s'assoit pour signifier qu'une minute a passé. Et ça repart. Chaque personne assise correspond à une minute écoulée.

Au bout de six gars assis, Gus lance un long cri :

— Chaaaasssseeeuuuuurs !

Signal pour Farid que le moment est venu. Des groupes de deux se forment, pour pénétrer la nuit et débusquer la proie.

Sauf Gus, bien sûr, chef de meute solitaire – et Pierre, pas folle la guêpe, que Tof sent en bad total, comme si on allait le tirer à balles réelles. Il le voit rejoindre le groupe des petits. Resté seul, Tof réfléchit. C'est vrai que c'est con, de sacrifier la visite pour un truc cent fois vu. Mais bon. Le moment viendra bien assez tôt d'être des darons.

Il a deux heures devant lui, alors il explore. De buisson en buisson, Tof observe les silhouettes qui se découpent, il s'amuse à écraser la mousse ; gage d'une mare, d'un étang, tout proches. Il déniche une tonnelle mal en point, derrière des palissades. Il tâtonne sa veste. Sa boîte en métal – vieille cabosse rouillée d'antalgiques, chipée pour ses dimensions dans le fatras du grenier de son grand-père – émet un léger clic caractéristique à l'ouverture. Tof sniffe le parfum, conditions de conservation optimales. Il tapote son sachet et se guide de sa frontale, cachée par son blouson. Pas de filtre, à moins que, il fouille les poches de son jean, oui, parfait : le flyer du jardin fera l'affaire. Il déchire patiemment un rectangle, qu'il double pour obtenir l'épaisseur souhaitée. Puis il lèche trois feuilles, amadoue le tabac sous ses doigts, effrite la boulette sans aviver la flamme – surtout, ne pas se faire repérer. Et il roule.

Des hurlements retentissent, les gars sont à bloc et ça doit criser du côté de l'administration du parc, genre, merci la colo de débiles, encadrée par des nœuds incapables de gérer leurs mioches, qui saccagent la quiétude de la nuit. Tof se dit qu'au moins, c'est vivant. Pas comme lui, que la tristesse submerge. Cette scène cent fois vécue : le joint se consume, le spleen l'étreint. Son impuissance à saisir ce qui se présente, sous la main. Il a beau se répéter qu'il faudrait, ça reste théorique. Nouvelle taffe, chaude et longue. Il retient la fumée et la fait descendre patiemment. Savourer l'accès à l'oubli, ça il sait faire.

Un nouveau cri résonne, le connecte au réel. La chasse au Farid se déploie sur les hauteurs, dans la partie la moins exposée du jardin – plein obscur, torches virevoltantes dans les ombres chinoises, arbres ciselés. Et au loin, l'étang comme un écho. Aucun risque qu'on vienne le surprendre. La nuit reste opaque, Tof s'abstrait du monde et s'enfonce dans les vapeurs. Il flotte entre deux eaux, liquide confortable qui le berce quand, à nouveau, des « youhouh » fendent l'air ; cette fois, à coup sûr, ils vont trouver Farid – ou alors le gibier a muté, et c'est Pierre, finalement, qu'on trucide ? Sous l'effet de son joint, Tof imagine Gus à bloc, invoquant un rite ancestral pour que les chasseurs encerclent leur proie, l'écartèlent au sol en marchant chacun sur un genou, un bras – pas trop fort, quand même, faut pas déconner – avant de l'obliger à engloutir cul sec une canette de binouze, liqueur divine, et de s'approcher une lance à la main pour l'offrir aux dieux en partage. Frontales stroboscope, danses vaudoues et gesticulations sauvages. Toujours ce même borderline, entre jeu et toxique, prêt à déraper à tout moment.

Tof ferme les yeux. Tout cela ne le concerne pas.

Pierre

La nuit s'étend, Pierre a l'instinct qui rattrape. La chasse à l'homme, ça sent le traquenard et Gus est habile, à savoir prendre son temps pour acculer sa proie. Déjà, dans le car tout à l'heure, son « Crapette » scandé comme une alerte. Alors Pierre se concentre sur ce que raconte la guide, une meuf roots qui vante la beauté du site.

— Et toi, tu aides pas à sauver Farid ? lui demande Benoît.

— Comment ça ?

— Ben le gibier, si des méchants chasseurs le trouvent, il finit empalé, écorché vif.

Frisson d'imaginer Farid mort. Son corps mis à nu. Benoît se passe la main sous la gorge, comme une lame. Couic Farid.

— Mais si un gentil chasseur le trouve, alors c'est sa chance, poursuit Benoît. Il se contentera de la beauté du geste. La vie sauve, quoi.

Pierre se sent foireux, soudain. À s'extasier devant une pagode en sapin, quand son – quoi, copain ? buddy ? – se sacrifie pour lui, et mérite un coup de main.

— Donc tu suggères que j'essaie de le trouver avant les autres ?

Benoît acquiesce.

En flashs, Pierre revoit les images qui le hantent depuis ses sept ans mais tente de se raisonner. C'est fini, le Jura, Pupulle, tout ça. C'est loin, hein. Pour contrer le souvenir, d'ailleurs, qu'il s'est dit, courageux, OK je retente la colo, juste cette fois, dernière occasion. Pierre inspire un grand coup et s'avance vers le sombre. Après tout, c'est rien qu'un parc. Sauf qu'à mesure qu'il progresse, son cœur oscille entre l'appréhension presque excitante de découvrir Farid – c'est quoi, être un gentil chasseur quand on rencontre sa proie ? – et le stress absolu, souvenirs enfouis qui remontent par vagues. Pierre en est même à marmonner « Pupulle » en boucle, sans s'en rendre compte. Personne n'a hurlé « La proie ! », mais les cris se font rares, la traque discrète. Malin comme il est, Farid aura trouvé un spot d'enfer pour se planquer et Pierre voit mal comment le débusquer, à moins de lui envoyer un texto. Sauf que, laisser sa chance à l'animal : une règle de base de la chasse, non ?

À errer dans les allées lugubres, sous la lune que les nuages voilent d'écume, Pierre sent comme une grisaille le gagner et descendre sur son ventre. En fonction de qui il croise, il pourrait se transformer en gibier, cible facile. D'où Benoît s'est mêlé de ce qui ne le regardait pas. Pierre ne demande rien. À personne. Pupulle veut être tranquille. Pupulle se faufile de buisson en buisson, évite d'être à découvert. Il contourne prudemment un massif, respire fort, sa mâchoire s'agite et ses dents claquent sans qu'il puisse contrôler. Putain, c'est la peur qui s'avance, Pierre la reconnaît. Il accroche son regard à une branche au-dessus de sa tête et se cache, à l'abri, mais son souffle se tend et il inspire à fond, expire, veut dompter ses membres rebelles quand soudain, une frontale à sa droite, en embuscade, et quelqu'un susurre :

— Gibieeeeer !

C'est Gus ! Sa torche pointée sur lui.

— Oh putain, Pierre gémit et sa voix s'étrangle en aigu.

Tout revient face à Gus. D'un coup, la honte, le Jura. Pupulle et le reste.

*

C'est l'été tout pareil, mais dix ans plus tôt. La colo met en garde ses parents, faut être sûr de sa maturité.

— Oh, ne vous inquiétez pas, il se garde déjà tout seul.

— Et puis y aura son grand frère Martin.

Son père, sa mère, stéréo parfaite.

Oui, son frère sera là. Mais Martin n'a que dix ans ; pas comme si, à cet âge, on savait surveiller. Oui aussi, Pierre se garde tout seul ; pas le choix. Vous bossez jusqu'à pas d'heure, chacun dans votre coin, pour vous retrouver le moins possible face à face, dans la même pièce que votre mariage naufragé. Vous croyez sincèrement qu'un enfant de sept ans et demi, presque trois quarts, est heureux de prendre son car seul, faire chauffer son lait, préparer son goûter - seul, seul, seul - en attendant que vous daigniez rentrer ? Non. Votre enfant ronge son frein et guette l'affection, « C'est bien mon grand, tes bonnes notes », s'en satisfait parce que pas mieux, comme un chien qui voudrait une pâtée tout entière mais se contente de la miette qu'on lui laisse.

Pourquoi vous avez fait des enfants ? Par paresse ?

La colo à l'époque comme une échappatoire, l'univers des possibles malgré tout. Mais bien sûr, ça loupe pas. À peine dans le Jura, presque la Suisse, Pierre pas apte à se faire un shampoing. Pas non plus au niveau pour le spectacle de sketchs. Pas foutu de s'intégrer aux équipes de foot, de gamelle, même pas capable, c'est un comble, de se greffer au croquet ou à la chasse au trésor.

Paria.

Et ce pull, aussi, rouge délavé qui tend vers le rose. Qu'est-ce qui lui a pris de se le nouer à la taille dès la deuxième veillée, accroche-cœur complexe, comme une jupe sur son bermuda ?

Fifille. Jupette. Pupulle.

Le surnom est tout trouvé, les autres s'en donnent à cœur joie, festival. Pierre se referme et trouve maigre refuge dans les livres, les coloriages, les monos leur café, un seul sucre merci, l'atelier découpage, pince à linge, potager ; le calme, le silence, le tout seul, sans personne. Mais c'est trop tard, voilà que Pupulle est né. Même les anim sont largués : exclu à ce point, c'est du jamais vu, impossible à repêcher. La tête de Pierre à la soirée diapo, par exemple, au lendemain de la journée « SOS planète », certains hurlent « la tapette », ça rime avec planète, à s'en casser la voix, furie polyphone qui résonne dans tout le réfectoire. Côté adulte, même pas la présence d'esprit de stopper la projection et de se fendre d'un sermon.

Les armes rendues, les bras baissés.

Faut dire, Pierre l'a un peu cherché quand même. A-t-on idée de nouer son pull-over ainsi ? Et cette couleur… C'est forcément sa faute : Martin, lui, n'est pas du tout comme ça.

Il s'intègre. Il fait des efforts. Il tape dans la balle roule des épaules et concourt de bite.

Deux très longues semaines, donc, pour Pierre, sept ans et demi, presque trois quarts. Les moqueries et la haine, déferlantes. À subir et à se recroqueviller sous les draps, persuadé que le moindre ricanement, le moindre sourire en coin sont pour lui. À ne plus se laver par crainte des traquenards sous la douche.

Et puis, alors là c'est le pompon, l'apothéose fête du slip qui explose les compteurs - passé ça, plus d'après : le dernier matin, des Martiens de pacotille - boîtes de conserve en guise d'oreilles, capes alu et antennes clignotantes - déambulent parmi les lits. Pierre les a vus en premier, éveillé dès l'aube pour se débarbouiller avant tout le monde. Il échange un regard avec le grand chef des aliens, en réalité Jason le mono aux gros biscotos qui fait chut du doigt, c'est secret. Il fait mine d'enlever Pierre, sous les regards estomaqués des enfants pyjamas, les pleurs des plus petits, pour certains convaincus d'avoir vu une soucoupe. Et les monos inventent des bobards, on a repéré des traces dans les champs alentour, et parlent sacrifice humain, héritier lunaire égaré.

De l'autre côté de la vallée, Jason, présence confortable et œil bovin, détaille à Pierre leur plan bien rodé : les indices laissés la veille sur les sentes, comme autant de pistes pour retrouver l'un des leurs. Mariame les rejoint vers midi, pas peu fière, car leur plan marche du feu de Dieu, stratégie en ébauche au camp de base pour constituer les équipes et se répartir les équipements - boussoles, sacs-poubelle transformés en tenue de camouflage à grand renfort de branchages et peinture artisanale, en mode purée de feuilles écrasées, et bombes à eau killeuses d'ovnis.

En retrait, Pierre savoure ces instants lové dans un duvet violet, il boulotte des bonbons, boit de la limonade trop sucrée et dévore une BD – cadeau de Jason pour le remercier de jouer le jeu. Faussement discret, il épie leurs conversations : ce n'est pas un hasard s'ils l'ont choisi, lui. Ils veulent unir les colons autour de son absence. Lui faire oublier les brimades avant de le rendre aux parents. Tu as disparu, et soudain le monde souffre. T'imaginer mort nous a donné envie de profiter de toi. La joie, les yeux qui brillent.

Ta place parmi nous.

Sauf que, en fin de déjeuner, le téléphone de Mariame. Sa sonnerie imite les canards, ça s'est joué à rien qu'elle ne décroche pas, persuadée que c'étaient vraiment des oiseaux. Comme quoi, la vie. À un fil, parfois. Dès la première seconde, elle s'éloigne et baisse la voix :

— Comment ça, ils viennent pas ?

Patatras. Mariame, blanche comme un linge. Pierre n'entend que des bribes, elle chuchote et s'énerve :

— C'est quand même pas eux qui commandent.

La voici trébuchante, qui prend Jason à part. Il ricane d'abord, puis non et son visage se décompose à son tour. Il attrape une gourde et la sèche d'une traite, un litre entier. Sa pomme d'Adam se soulève et bascule à mesure, et glou et glou et glou, Pierre se demande si c'est un puits sans fond et le souhaite presque, et glou et glou et glou, tant qu'il boit, l'instant reste suspendu, rien d'autre que le plan comme sur des roulettes, oui ils arrivent, sont sur la route, à tes trousses, vite, Pierre, cours te cacher. Ça va être ton moment.

Jason arrête de boire. Il jette un regard blessé à Mariame, s'essuie la bouche virilement, elle acquiesce, OK vas-y. Alors il se tourne vers Pierre, énergique.

— Y a un souci. Il faut rentrer, on plie les gaules.

Sans autre explication.

Mariame déjà rassemble les affaires et Pierre refuse, c'est son heure, aujourd'hui. Il accepte d'être cette proie qu'on recherche, il ne veut pas qu'on renonce, il implore qu'on l'achève, même, qu'on termine son supplice, qu'on l'enturbanne dans son pull de fillette et qu'on le pende par les pieds à la première branche, qu'on lui crache dessus en lui hurlant jupette tapette et qu'on en finisse enfin, qu'après l'avoir laissé se vider de tous ses pleurs, on le perce d'une lance, d'un javelot, d'un couteau; et qu'on le livre aux corbeaux.

Sans réfléchir, Pierre se met à courir. Qu'ils le cherchent, après tout, c'est ça le deal. Il a bien voulu, trop docile, que les Martiens l'enlèvent, il exige son dû.

Pierre s'enfuit à l'aveugle, et derrière Mariame crie son prénom.

— Pierre! PIERRE!

Il se griffe les jambes nues aux ronces, aux branches, et ça met son cerveau en éveil. Il dérape sur les feuilles et détale dans la pente, goût d'humus dans sa bouche, et la bave qu'il recrache, toute gorgée de bestioles, sensation dégueulasse qu'une fourmi lui chatouille les lèvres; il souffle et l'éjecte, redémarre aussi sec, Mariame crie à nouveau et Pierre pense, s'il veut qu'on le trouve, il faut d'abord qu'on le cherche donc il tourne angle droit à rebours d'un chemin jusqu'à remonter un peu et s'agrippe à des rochers, pente raide, escalade, il s'écorche sur les bois putrides et se vautre sur une mousse puis relève la tête – une grotte, pas grande, simple trou derrière une souche. Il rampe et les cris diminuent.

Pierre attend et grelotte, odeur forte de champignon qu'il effrite entre ses doigts mais il résiste à l'envie de goûter. Des appels réguliers portés par le vent, « Pierre », lui prouvent qu'il existe encore, des craquements aussi, un peu d'air qui s'infiltre et il rêve qu'un sanglier s'approche, un loup enragé, qui ne fera de lui qu'une bouchée.

Tout, plutôt que la honte. Tu ne vaux tellement rien qu'on n'a pas eu envie de te revoir. Ni daigné te chercher, même pour de faux.

— Putain, on va quand même pas appeler les flics.

La voix de Mariame, étonnamment proche. Ah non, pas les flics. Les parents vont savoir, il faudra raconter et la jupette ce sera pour la vie, pas seulement la colo, « Pupulle » le suivra à l'école, son frère qui répète, un tatouage au fer rouge.

Pierre nifle.

— Tu entends ? Mariame s'inquiète.

— Attends, chut. J'essaie d'écouter – la voix grêle de Jason.

Pierre veut pleurer et il en rajoute, en fait, il mouche bruyamment, il veut le visage de Jason et la voix de Mariame tout près contre lui, il ravale sa morve du plus fort qu'il peut, oui, c'est ça, il veut qu'on le trouve cette fois, qu'on lui sourie et qu'on n'ait pas envie qu'il soit mort dévoré même pour jouer, il halète exagéré il s'en fiche il n'est qu'un long gémissement ce souffle qui expire sa souffrance infinie qu'il repousse loin loin loin jusqu'à vider ses poumons. N'importe quel bras n'importe quel cœur, juste qu'on lui dise qu'il n'est pas seul pour la vie.

— Pierre !

La peau couleur olive de Mariame, ses sourcils dessinés, il se jette tout contre elle, ça fait boung et elle le repousse, l'agacement de sa voix.

— Aïe putain, mais attends, tu me tires les cheveux là, tu me fais mal.

Pierre s'arrête. Douloureux et penaud.

— Pardon.

Jason lève les yeux au ciel. Pierre y lit : « Quel boulet... » Il s'excuse à nouveau et leur emboîte le pas, la lumière descend. Une fois le coffre refermé, dans la voiture, l'air est comme le ciel, morne. Mariame branche la radio, ça grésille. La musique se veut joyeuse, Jason chantonne, Mariame embraye et ils s'activent sur un tube à la mode que Pierre entend partout, Daho.

Tous les deux sans personne.

À fond les ballons, la joie dans leur voix, peut-être contents de ce moment rien qu'à eux, comme si Pierre se confondait avec la pelisse orange qui sent le vieux clébard, et eux devant qui s'œilladent, autre chose qui commence, Pierre ne sait pas, c'est compliqué. C'est les adultes. Il sait juste que, cette fois c'est sûr, il n'existe plus, pour personne. Mariame et Jason chantent « en bagnole de fortune », et Jason s'allume une clope, vitres fermées, Pierre sait que c'est interdit donc ça veut dire qu'on le zappe, et les bâtiments de la colo se rapprochent, masqués dans la forêt, Pierre reprend sa BD pour annuler tout ce qui se choque dans sa tête. Il se dépêche de tourner les pages, il plisse les yeux pour déchiffrer plus vite, la nausée monte sans prévenir, il dégueule.

À même le siège. Les bonbons, le pique-nique. L'odeur infecte immédiate, Jason crise et ouvre sa portière.

— Sinon je vous promets c'est mon tour de gerber.

Mariame pile sur le bas-côté, des gravillons cliquettent à la vitre.

— Mais c'est pas possible, à la fin, on va croire que tu le fais exprès, elle s'énerve contre Pierre.

Un camion gueule du klaxon, les frôle en beuglant. Pierre se tait, même pas d'excuse tandis qu'il s'adosse à la carrosserie et que Mariame défonce son coffre en bordel, obligée de maintenir à la main le hayon défaillant, pour trouver de quoi nettoyer. En regardant la montagne qui s'embrume, gris étrange, le terne partout comme une couverture, Pierre se demande comment finit sa BD. Des rapaces crient dans la vallée. Ils tournoient et se signalent leurs proies. Mariame a terminé, elle barseille tout dans le fossé, « On s'en fout de la planète », elle ricane, on a déjà donné, à s'en foutre plein les mains pour fabriquer nos savons forme de cœur. Déçue aussi sans doute que s'échappe l'instant partagé avec Jason. Résultat, plus un mot le restant du trajet. La BD confisquée.

Mais attends, c'est pas terminé.

Malgré les vitres ouvertes, l'odeur reste forte. Jason lui propose d'enlever short et T-shirt, histoire qu'on les remise au coffre sinon juré il va pas tenir, désolé.

— Mais c'est que sous les biscotos, y a un garçon sensible, le taquine Mariame.

Ils rient. Pierre non. Finir le trajet en slip. La honte acceptée.

Tandis que la colo s'agite à préparer les bagages, Jason le porte à bout de bras jusqu'au mobil-home des monos. Grand coup de jet pour le débarbouiller – après tout, faut les rendre impec aux parents, les mômes. Le car part ce soir, après dîner. On l'habille d'un jogging informe – une première voiture est partie avec vingt valises, les soutes du car étaient trop petites ; évidemment, ses affaires sont dedans.

Il les entend, les autres et son frère, complices, ils disent, Pupulle s'est fait pipi dessus, alors que même pas vrai mais comment le croiraient-ils. Il les sent ricaner, merci Mariame, déso pas déso, Jason. Il ne sait plus. Quand le car démarre, son frère est au fond, à écouter sa musique, tête tournée vers la vitre ; et des marioles hurlent sur la banquette. « On n'est pas fatigués. » Les sièges du milieu répondent « Vous êtes fatigués ». Et enfin, après cent kilomètres, tous pioncent comme les enfants épuisés qu'ils sont.

Assis seul à l'avant, Pierre fait mine de dormir tout du long. Il n'a pas envie du paysage, il veut oublier, enfouir au fond du fond et ne jamais rejaillir. À l'arrivée au matin bleu, les yeux ensommeillés et sa mère impatiente guette son frère, lui un peu.

— Ça s'est très bien passé, veulent rassurer les monos. Après, c'est vrai qu'il était un peu jeune.

Elle s'en contente, obnubilée par son horaire d'arrivée au travail :

— Ah c'est super, mon grand. Comme ça, tu as grandi d'un coup. T'es un adulte, maintenant.

Il a sept ans et huit mois. Il n'a pas du tout envie d'être un adulte.

— Je vais devoir aller travailler.

Sa mère sent le parfum. Deux semaines qu'elle ne l'a pas vu.

— Mais j'essaierai de rentrer pas trop tard ce soir, comme ça vous me raconterez.

Elle essaiera, super. T'oblige pas, surtout. Et là, de nulle part, son frère qui ne lui adresse plus la parole depuis deux bonnes semaines, qui l'a ignoré dès qu'il a senti le vent tourner, aux tout premiers surnoms, pas envie de se laisser aspirer dans la spirale de la lose, son frère reprend des Chocapic et balance :

— Pierre a été enlevé par les extraterrestres. C'était un jeu mais toute la colonie a refusé d'aller le chercher. Résultat, il s'est pissé dessus, c'est pour ça qu'il est en jogging.

Leur mère n'est pas sûre de comprendre, elle hésite.

— Qu'est-ce que tu racontes ?

Pierre sait que c'est vrai. C'est pour ça, Mariame, Jason, le trajet et le reste. Quelque part, ils étaient furieux après l'univers, l'égoïsme des colons, mais aussi dégoûtés d'avoir failli, qu'une bande de cinquante gosses préfère renoncer à un jeu de piste en montagne rien que pour le plaisir de faire chier leur souffre-douleur, l'enfoncer dans sa merde et conforter leurs places de winners de mes deux.

Sa mère agrippe l'étoffe de son pantalon.

— Mais c'est vrai qu'il est pas à toi, ce jogging. Qu'est-ce que c'est que cette histoire ? Bon. Là j'ai pas le temps mais on débriefe ce soir ; et moi j'appelle la colo.

Le soir, quand elle rentre, elle a oublié. Et le jogging, c'est au fond du jardin que Pierre l'enterre à s'en ruiner les mains.

*

— Eh mais attends, tu fais quoi ?

La peur change de camp. Gus a les bras tendus, pas certain de maîtriser. Pierre comme un dingue n'entend pas, il hurle et chuchote à la fois :

— Me touche pas ! Je te préviens, tu me touches pas.

— De quoi ? C'est pas toi le gibier, que je sache. Je plaisantais.

Pierre est la peur, sa course effrénée sur les pentes du Jura. Il est le silence de son frère et ce jogging mangé par la terre. Son regard se perd, un bout de bois traîne au sol, quelques feuilles, il le saisit et fouette l'air devant lui, il refuse, il ne sera plus cette proie, tu comprends, Gus, c'est fini tout ça, ma revanche aujourd'hui. Il tape féroce dans les branches alentour, fait voler les feuilles :

— Tu me fais pas peur d'accord, tu me fais pas peur !

Pierre est méconnaissable, Gus comprend qu'on ne joue pas. Dans l'obscurité, il devine ses yeux, son air fou. Il tente l'apaisement mais Pierre ne lâche rien. Alors Gus rectifie le tir et ouvre les mains en avant, signe de paix.

— Oh RELAX ; tu crois vraiment que je pourrais te faire du mal ?

— T'approche pas je te dis !

— Je veux dire, tu crois que je suis un connard à ce point ?

Le bâton frôle son visage. Pierre frappe le sol, bruits sourds répétés. La réponse est oui.

— OK, OK, le ravagé, OK. Tout doux, d'accord ? Je retourne chasser.

Pierre tremble furieusement, ses mains serrent le bâton, et Gus recule et s'écarte prudemment, visiblement secoué, il se voûte chétif sous un immense rhodo, marche arrière sur ses gardes, son visage déformé, et il se renfonce dans la nuit, le bruit de ses pas, cracs de branches puis rien, pas un souffle. Et un hululement, une vraie chouette, cette fois.

Pierre croyait surmonter, la colo, je peux le faire. Toute cette eau a coulé. Mais non. Pierre est là dans sa grotte, sur la couverture orange en jogging, au chaud dans la soucoupe des Martiens. Et il comprend que rien n'est fini. La honte, la colonie, c'est pour la vie.

Totof

Une chouette hulule dans la nuit, puis le frémissement de ses ailes, tout près. Tof checke son téléphone. Le quartier libre arrive à terme, il va falloir bouger. D'autant que les cris se sont tus, la chasse a dû finir. Tof veut se lever mais la tête lui tourne, trois joints c'était trop, surtout chargés à balle. S'il monte maintenant dans le car, c'est la dégueulade assurée. Alors il traîne un peu dans le parc, histoire de redescendre. Le temps que Benoît rapatrie son monde, fasse grimper les petits dans les bus, c'est dix minutes facile, jouable de ne pas se speeder, donc. Si ça se remarque, il dira qu'il s'est paumé, croûté, endormi, n'importe. Peuvent bien patienter, ces cons.

Les arbres touchent les étoiles, les cygnes enfouissent leur bec. Tof chemine en moulinant des bras, il craque ses cervicales et s'octroie des petites claques. Rien à faire, son esprit reste dans les limbes. Pour se réveiller vraiment avant de retrouver les autres, faudrait qu'il se mouille la nuque, ça fonctionne d'habitude. Il approche la retenue qui surplombe l'étang, parapet lessivé dont les bords sont casse-gueule. Et

plouf,

il s'asperge d'eau pour raccrocher le réel.

C'est bon, sur sa peau. La fraîcheur. Sa tête sous la surface, maintenant, et hop, il réémerge, fait le point. L'effet du joint dissous. Tof cligne plusieurs fois, il s'essuie le visage dans son T-shirt, essore ses cheveux et s'attarde sur la silhouette d'un arbre, vers la rive, topiaire incroyable, sculptée en forme de nuage. Des dizaines de têtes feuillues ramifient sur le bleu sombre de la nuit, autant de chemins qui convergent au même point. Le tronc. Noir et épais.

Un nuage s'écarte, dégageant un léger clair de lune, et une ombre en retrait l'interpelle, presque fondue à la digue. Un chevreuil ? Tof se concentre, c'est quelqu'un, plutôt, comme une masse à terre qui doucement se penche, bord de l'eau, crâne baissé. Tof rampe à quatre pattes, ne pas se faire remarquer ni glisser, le « chevreuil » a les cheveux qui bouclent, la houppette de travers.

C'est Gus.

Il n'a pas remarqué sa présence. Ou alors il joue mise en scène, impossible de savoir, avec lui. De là où il est, Tof ne distingue pas le regard de Gus mais son nez pointe droit, il scrute l'eau qui se vide dans le déversoir, deux mètres de dénivelé entre les deux bassins. Au moins.

Gus-chevreuil se penche dangereusement, son corps en tension. Il semble hésiter, change de position, passe une jambe dans le vide, puis une autre. S'il lâche, c'est noyade assurée, une grille métallique ferme le flux, tourbillon, impossible de remonter. Il résiste de ses bras, muscles bandés, à observer le flux et, soudain, il renonce et se hisse à nouveau, ahanement contrarié, et son corps allongé, déjà.

Gus s'énerve, tape du pied, du poing, frappe la pierre et sa tête. Comme fâché après elles.

Interrompre ? Tof hésite mais oui, évidemment, faire quelque chose. On sait pas de quoi Gus est capable et il paraît confus. Le voilà, qui se redresse prêt à y retourner. Tof se racle la gorge,

Je suis là.

Fort, encore, puis prononce :

— Gus.

Dès que Gus le reconnaît, ses mains tendues qui disent « Moi venir en ami », il fige un temps et, docteur Jekyll qu'il est, délaisse son regard abîmé une seconde plus tôt pour reprendre son sourire carnassier à la canine droite plus longue.

— Je suis le marcassin qui plonge ! il vocifère, puissant.

Gus en mode guignol, bien sûr. Gus, efficace, veut détourner l'attention. Mais Tof a envie de dire, pas à moi. Pas cette fois. J'ai vu ce que tu comptais faire. Mais il y va mollo. Et se contente d'annoncer, manière avant tout d'éloigner Gus de l'eau :

— C'est l'heure. De retourner au car, je veux dire.

Pour le reste, on verra après.

— Je vous manque trop, fanfaronne Gus. On m'attend.

Non, personne n'attend, le monde tourne sans toi. Pareil toi que les autres, personne n'est indispensable, tout le monde peut crever dans son coin, ça ne change rien, songe Tof. Et l'envie furieuse de lui rabattre son caquet, finalement.

— Même pas cap.

— De quoi ?

— Marcassin des mers, mon cul. Je t'ai vu, OK ?

Gus se braque, fait mine de ne pas comprendre. Alors Tof enfonce le clou :

— Que de la gueule. T'es pas foutu d'aller au bout. Je m'en doutais, t'as pas de couilles.

Zéro réplique, Gus encaisse, pour une fois. Tof saute sur l'occase - trop rare, trop belle - et pilonne :

— Faut dire, on joue plus chez les kids, là.

— Genre ?

— J'avoue, le game est gros. Pour se buter, faut du courage. Mais vraiment.

— Tu crois que je suis pas cap.

Tof esquive d'un sourire. Oh que non.

— OK, on parie ?

Toujours ce petit jeu malsain, Gus sur le fil.

— C'est pas une simple chasse à l'homme juste pour jouer, je te rappelle. Je veux dire, on est loin d'un pauvre chat-bite de puceaux qui voudraient se faire peur.

Gus cherche sa réplique. Un cri au loin.

— Gus !

La voix de Pauline. Tof manque à l'appel tout pareil, mais elle s'en fout. Évidemment, c'est Gus qu'elle cherche. Elle appelle à nouveau, faut qu'ils évacuent. Gus répond présent, fin de la parenthèse. Ils marchent tous les deux vers le parking. Juste une dernière cigarette partagée, histoire de, avant de retrouver les autres. Et le moment se referme dans le silence de leurs pas. Le délié assourdi du chemin. Quelques feuilles ondulent, un buisson bruit doucement. Tof repense à ce qu'ils viennent de se dire. Le défi, cap ou pas cap de mourir. Tandis qu'il attaque le filtre, il s'autorise à se confier :

— C'est con, ça m'aurait fait kiffer.

— Que je crève ?

— Toi ou un autre.

— Ah.

Comme de la déception, dans sa voix.

— Toute ma vie, j'aurais pu me la péter, s'explique Tof. Le drame : « Tu vois, j'étais là, prêt à le sauver, mais il a plongé, et moi, j'ai rien pu faire, le noir tout autour, j'étais désarmé. Je revois son regard. Il faisait genre, il était le roi du monde mais en fait il était malheureux. Et désespérément seul. »

Les yeux de Gus s'écarquillent devant l'aplomb - la pertinence ? - de Tof. Une faille, béante, le déchire mais très vite, il se marre, et reprend le dessus :

— T'es bien frappé, quand même.

— Tu préfères quoi ? Rester interchangeable ?

Regard zébré de Gus, touché.

— Un pion parmi d'autres, poursuit Tof. Le bon petit soldat qui fait tout bien comme son papa.

Tof jurerait que Gus est ému.

— Donc, quelque part, je t'ai bien eu ? avance ce dernier, narquois.

— D'où ?

— Ben je t'ai fait miroiter ton rêve, de me voir crever sous tes yeux, qu'il se passe un truc dans ta vie. Et hop, tout de suite je te l'ai repris. Exprès.

Gus referme la main pour accompagner ses mots. Tof soupire, donc jamais il ne baisse la garde ? Mais OK, soit. On joue :

— Même en vrai, toute façon, t'aurais pas sauté.

— Ah ouais ?

— Ah ouais, ouais.

— Eh ben écoute, dès que je retrouve une rivière, je sais quoi faire.

— Chiche ?

Le car klaxonne et lance des appels de phares, leurs yeux éblouis. Gus crache et trottine bras en V, tel un footballeur que son public réclame, prince des pénos et du monde. L'esbroufe permanente. Tof sourit et jette sa clope, le mince filet d'eau du caniveau l'avale.

Demain, fin de colo.

Pauline

Le bus retourne sagement. Même Gus s'endort et l'ambiance est au point mort jusqu'à l'arrivée au centre. Leurs silhouettes, fatiguées, rejoignent les dortoirs. Et Pauline rentre chez elle, le pincement dans son cœur. Demain elle reviendra, et ce sera le dernier réveil. Le dernier petit déj. La dernière fois Gus, les gars...

Se glissant sous ses draps, Pauline frémit doucement. N'a pas pu profiter du parc oriental, trop inquiète de la chasse. Elle ferme les paupières et attend que la nuit assombrisse. Dans les brumes du sommeil, elle nage d'abord sereine mais peu à peu, c'est la lutte contre le courant. Tout autour d'elle, voilà que les eaux tournoient et Pauline sent la vague l'emporter. En contrebas, sur une rive, son père pompe l'eau d'une piscine, il est ce dessin d'Escher, cascade perpétuelle, jamais tarie. Le flot remonte vers le haut de l'image, illusion d'optique, puis gagne le bord du cadre avant de pleuvoir sur lui, sur elle, sans les mouiller. Elle détourne les yeux.

Gus. Gus, au plongeoir, lui sourit. Une mèche blanche barre sa crinière, qui prend source à la raie de son crâne, trois quarts gauche, et se prolonge jusque derrière son oreille, cette singularité la ferait le reconnaître entre mille.

— Tu me regardes, il lance, goguenard.

Sa voix fait vibrer le sol sous leurs pieds.

— Tu te crois irrésistible ?

— Ouais, carrément.

L'aplomb. À son grand étonnement, Pauline s'entend répondre, tac au tac :

— J'avoue, figure-toi. Je matais.

Gus souffle un moucheron qui agace son nez. Un postillon gicle sur sa pommette à elle. Pauline s'en amuse, et lui aussi. Il appose son doigt pour essuyer. Elle incline la joue et accompagne le mouvement. Elle veut lui dire qu'elle accepte, rien ne sort mais qu'importe, il love sa tête contre son ventre à elle.

C'est doux.

Le ciel, bleu, les branches découpées, et puis les feuilles des hêtres. L'eau-clapotis se mêle à l'horizon, reflets de soleil et graminées dansantes, elle voudrait que la cascade s'arrête, ne plus sentir que les doigts de Gus, son index qui ondule. Elle détend tout son corps et couche son visage contre l'herbe, sèche et rugueuse d'abord, puis la rosée fait frais, elle tend la main pour interrompre le cheminement de l'eau, le flux résiste et contourne sa paume, elle écarte les doigts et l'eau cesse, cette fois. Surgi à côté, son père l'observe, interdit, elle le taquine d'une gouttelette, il hésite, elle réitère et une déferlante s'abat, boum, ravage puissante, son père tombe mais Pauline est debout, sur l'écluse, elle rouvre les valves en resserrant les doigts. L'onde s'écoule.

En une fraction de seconde, son père entraîné par le courant. Pauline est trempée et, quand elle se retourne, Gus n'est plus là.

— Gus ! elle appelle.

Mais sa voix s'arrête net. Elle se réveille. En sueur, hors du lit, les yeux fous, elle halète. Par les lames des persiennes, elle comprend que le jour est levé. Et a la présence d'esprit de marmonner :

— Papa ?

Souvenir de la silhouette de son père qui dérive, Pauline reconstitue son cauchemar, cherche à comprendre. Est-ce qu'elle a peur que la colo finisse ? Autre chose ? Toute cette eau, cette douceur.

Pauline repousse les draps et se dépêche de gagner la chambre paternelle, bout du couloir, c'est loin tant le château est grand mais ça lui évite de le déranger quand il s'endort enfin, ou qu'elle rentre à vélo pendant qu'il sieste. Pauline court maintenant, tant pis pour le parquet grinçant, ses pieds dérapent, elle entrouvre la porte.

Le corps de son père bras en croix sur le matelas. Frêle silhouette décatie. Doucement, elle approche. Il respire. Pas fort, mais c'est là. Un souffle, qui lui fait tendre oreille. Son front luit, il a chaud, la pièce exhale une odeur de vieux. Pauline sent sa gorge s'assécher. L'horloge marque 6 heures, se recoucher parfaitement inutile ; il faudrait profiter pour le laver au gant, mais c'est si rare qu'il dorme, Pauline rechigne à le déranger. Délicatement, elle caresse l'oreiller et murmure simplement :

— Dors, papou. Je vais à la colo. Et demain, c'est fini.

Elle dépose un baiser sur son front. Ne pas louper une minute, surtout. Ce soir, après cette toute dernière journée, ils seront partis, Gus, Tof, Farid et les autres. Même Benoît. Alors promis, elle s'occupera de son père, longuement, l'eau du bain, la mousse et les bougies. Un peu d'encens, même, elle lui lira une histoire. En attendant, elle griffonne une note à son intention, pour éviter qu'il s'inquiète. Il lui reproche assez, quand elle s'épargne les soins, il lui a même fait le coup de prendre son bain tout seul, une fois, parce qu'elle avait eu le malheur de se jeter un canon au comptoir après les courses, le marché qui languit. La chaleur l'a fait sentir mal, lui, l'eau brûlante, et il s'est révélé incapable de sortir. Elle l'a retrouvé à se noyer dans rien.

— Tu me fais plus ça, hein ! Imagine si tu t'étais évanoui, avec ta tête sous l'eau.

Mais il l'a engueulée, apeuré et méchant, tandis qu'elle le relevait sous les épaules, un gosse à bêtises.

— Et alors, il a dit. Tu aurais été débarrassée. Du balai.

C'est horrible, elle a pensé alors, oui. C'est vrai, quelque part, je serais débarrassée.

Pauline pénètre dans la salle de bains. Le robinet coule filet, l'eau chaude tarde à venir. Pour s'occuper, elle nifle le linge empilé. Les relents de moisi. Et cette saleté de jour, sans cesse recommencé. Elle se déshabille, replie patiemment son pyjama sur la chaise et se fond dans l'eau de son bain. Pauline repense à la fin de sa nuit. Perturbée par son rêve, Gus en cascade et ses cheveux qui lui collent, elle se demande d'où l'image lui vient - est-ce parce qu'elle a eu peur, hier soir, dans le parc oriental, quand Gus ne revenait pas ? Elle se décide pour un shampoing, se masse derrière les oreilles, c'est doux, se faire du bien, puis s'extrait de la baignoire sans vider, savon dissous et méandres d'écume - si elle a le courage, ce soir, elle recyclera pour la chasse, les plantes ou pour rafraîchir la terrasse. Il n'y a pas de petites économies. En sortant, elle ignore son reflet dans le miroir et compte ses pas lourds, les lattes du plancher sont grêlées. Soupir de ces murs familiers, qui sans cesse se resserrent. Sans compter l'autre routine, la colo, qu'elle s'apprête à rejoindre à vélo comme chaque jour, histoire de faire croire qu'elle habite un peu loin – manquerait plus que les gosses percutent où elle vit, on ne voudrait pas abîmer la « légende de l'aristo ».

Pauline enfourche son vieux VTT. Elle avale les rues de Denée. La station-service fermée, les façades ternes. Elle décroche par les rues étriquées, longe le porche sculpté de l'église avant de gagner les bâtiments. La grande salle, les dortoirs et le réfectoire l'attendent. Le crépi et le gravier de la cour, parsemés d'herbes folles, un peu de chiendent et une balle de tennis éventrée. Parfaite définition de la monotonie. Sa mission : serpiller comme chaque matin, dès l'arrivée. Tant que tous dorment encore. Les autres monos, eux, calquent les horaires des gamins. Hiérarchie pas bien définie à laquelle la seule extérieure, elle, se soumet sans moufter – pas comme si elle avait le choix. Machinale, elle remplit son seau lourd à l'évier, réduisant le débit pour éviter de faire gronder les tuyauteries – on lui a fait la remarque sur le bruit, il y a deux ans. Va-et-vient au sol, elle attrape une suée. L'air est collant; l'orage tarde, annoncé depuis des semaines, pourtant.

On est le dernier jour. Leur programme, pique-niquer bord de l'eau. Et rien d'autre. Ce serait moche, qu'il pleuve. Comme gâché.

Gus

À quelques mètres seulement, Gus s'astique fond en comble. Il veut évacuer l'odeur de chambrée. Laver la nuit, le parc oriental et le regard fou de Pierre. L'apothéose des six semaines de colo, au départ, c'était censé être son sacre canoë, avec la chasse à l'homme. Pas l'échec pathétique de sa tentative d'hier soir, son renoncement sur la digue. Tout ça à cause de Tof, et de la terreur de Pierre. Sentiment d'être une merde, qui l'a lui-même surpris.

Alors Gus profite d'être seul, douche ouverte, zéro risque qu'on le dérange. Il est le premier debout, les autres roupillent jusqu'à la lie. Il frotte le pourtour des oreilles, penche la tête puis enfile le gant.

Tandis qu'il boit un peu d'eau au pommeau, il pense à Pauline, justement. Dans la salle de petit déj, pour ce dernier matin, elle sera là, à verser le café, à trancher le pain ou à bidouiller on ne sait quelle corbeille de fruits. Petite main effacée et soumise, de corvée quand tous dorment encore. Et qui dira sans doute :

— Tu me fais pas de traces, dis, j'ai passé la toile, c'est pas sec.

D'habitude, il fait mine de souiller le carrelage, lueur inquiète dans ses yeux à elle puis, quand elle comprend qu'il fait semblant, le visage détendu, elle demande :

— Ça va, toi, toujours aussi matinal ?

Un temps.

— Pire qu'une poule, un peu ?

Elle s'autorise la blague, parfois, tout dépend de son expression à lui. S'il montre la faille, elle s'avance, hésitante, mais s'il fait bloc, monolithe de testo et pectos bombés, elle rapetisse illico, jusqu'à vouloir disparaître, et même ses yeux se mouillent. Pauline, ou la parfaite litanie de la vie, aucune aspérité, aucune nouveauté, désespérément prévisible. Il s'en fout de sa serpille. De sa gueule, aussi. Gus détend sa nuque sous le jet et se repasse le film de la veille, Pierre sous le massif de rhododendrons. La peur irrationnelle dans ses yeux, et ce pouvoir que Gus possède sur les autres. Un claquement de doigts et hop, ça tremble, ça obéit. Déroutant, presque.

Plié en deux, Gus se frotte les interstices entre les orteils, il remarque les minuscules carreaux bleus et verts à ses pieds, ébréchés pour certains. Comme une envie de tourmenter Pauline, ce matin, d'exhumer cette colère tenace. Car Gus doit se l'avouer : il est plus que vénère d'hier soir, de ce con de Pierre qui lui fait se sentir monstre, bon à se faire fracasser à coups de bâton. Est-ce que ça s'hérite, la saleté ? Est-ce qu'on peut en guérir, de l'envie de faire souffrir ? Sans compter Tof, et ce nouveau défi – bien sûr qu'il est cap, de plonger et ne jamais remonter, qu'est-ce que tu crois ; courage, roi du monde, je vous défonce. Tous.

Gus se dépêche de sortir de la douche. Son corps ruisselle, quelques traces de savon mousseux languissent le long de son torse, et son reflet – un éclair, furtif. Comme un flash. Sa silhouette en entier, et l'encadrement jaune de la douche, tout autour dans le miroir, le grossier loquet de plastique gris, le flexible rafistolé derrière, en surplomb, comme une auréole. Le bronzage noir cramé, ligne impec à l'abdomen, rectangle blanc qu'a façonné son short de bain au fil des semaines, les poils autour de son sexe, en partance du nombril jusqu'à s'éparpiller plus duveteux, le long de sa cuisse.

Sensation furieuse de reconnaître son père.

Gus écarquille les yeux. Le brun des cheveux, la ligne des épaules, les hanches droites, sa bite ridicule au centre de la peau diaphane, portée à gauche. Putain.

Il ressemble au daron.

Mais genre, comme deux gouttes d'eau. C'est pire encore, là qu'il est nu. Portrait craché. La bile remonte, ça déferle au radar et Gus dégueule direct dans le lavabo, anguilles mal digérées, et patates sous la cendre. Se ressaisir, vite, n'importe qui peut débarquer. Il rince l'évier à grande eau, l'odeur infecte, il s'asperge la tronche mais le vertige ne passe pas, la nausée s'insinue et l'invite à trembler dans un coin ou à aller se recoucher, sauf que. On n'est pas à la maison. Ici c'est le dortoir, ouvert à tout va. Gus tente de calmer sa main qui tremble, en vain. Dans ce cas, une seule solution, pas le choix, il empoigne son sexe et crispe fort ses doigts, changement de mood immédiat, il guette deux secondes, aucun bruit, le champ libre, alors il s'agite efficace, à se branler fissa, manière de passer à autre chose, oublier la vision, les remous. Gus ferme les yeux, tout entier concentré, pour chasser les images de son père, sa mère, et refouler l'égout de sa bouche, n'être plus qu'un corps, mécanique. Évacuer la détestation. Bingo, ça vient en même pas une minute, frénétique, il gicle dans le lavabo, pseudo-jouissance vite mangée par le spleen, comme une envie de pleurer, mais Gus s'empresse de faire disparaître le liquide blanchâtre dans le siphon puis enfile son calbute roulé en boule par terre, limite mouillé, sa serviette qui pue le moisi sur l'épaule... De quoi donner le change, si d'autres déboulent sans prévenir. Au moins, il sera habillé.

Sur le miroir, la buée s'est formée, il efface le voile. Et sa gueule à nouveau, visage fixe et la tristesse, sordide. C'est le premier mot qui lui vient. Glauque et pathétique. Même la branlette ne fait plus barrage. La colère ravive, intacte. Tellement pas envie de rentrer chez ses cons de parents, là-bas. Dégoût de retrouver le visage sans vie de sa mère, l'indolence de son père. La colo l'a autorisé à faire semblant un temps mais maintenant que ça finit, voilà que tout boomerangue.

*

Sa chambre d'ado aux posters fatigués. La salle de bains, à côté. Ses pieds sur la moquette craspouille, qui daube le champi parce que ses cassos de parents n'ont jamais fait réparer la VMC. Gus dégouline, une serviette enroulée autour des hanches – mieux vaut, au cas où sa mère entrerait sans prévenir, le verrou est cassé. Il essuie son reflet du revers de la main, veut cerner autre chose que ce regard étrange dans le miroir mais le sombre de ses yeux s'embrume, les larmes affleurent. Gus déteste l'idée de pleurer, mais ça rampe en loucedé, à faire de lui cette fiotte de merde qui chouine parce qu'il a peur il a froid il veut un câlin il est fatigué il sait pas et ça monte face au miroir maculé de buée et ça mêle de colère, de hargne, cette tête de con et le coup part,

Gus frappe

du poing, geste bref, il veut exploser le reflet et le miroir fendille, d'abord en étoile, la douleur se propage, des doigts à l'épaule puis le torse, ça l'énerve encore plus et il vise à nouveau, le centre, il s'acharne à péter ce putain de miroir qui insiste avec sa tête de saloperie finie. Gus veut éclater la glace jusqu'à en faire disparaître chaque carré de sa peau, écrabouiller toute trace. Il veut hurler sa rage et s'attaque à sa gueule, à se baffer, une fois, ça claque, les deux mains à la fois, son visage en étau, il laisse échapper un cri, et *bam*, une troisième mandale, beaucoup plus forte, plat de la main, il veut sentir la douleur, il gémit rageusement :

— PUTAAAAAAIIIN !

Ça loupe pas, sa mère appelle, voix fluette :

— Gus ?

Il s'arrête.

Et souffle. Trois fois, longuement, pour se calmer. Putain, il saigne, du rouge plein la joue. Il palpe son visage, mais non, c'est juste sa main.

— Oui ça va, ça va, t'inquiète, il tempère.

Mais qu'il est con, c'est pas possible. Comme si c'était le moment : dans un quart d'heure, ils tracent, direction le parking derrière la mairie, pour le départ en car, vers la colo. Alors vite, alcool, gaze. Ses gestes sont imprécis et grossiers mais OK, la blessure se calme. Il se hâte d'essuyer le sang mêlé d'eau. Arrose le rebord du lavabo, mini-coup d'éponge. Puis s'habille en prenant garde de ne pas s'en foutre partout.

Cap sur la cuisine, passage obligé. Et sa mère, bien sûr :

— Ça va ?

— C'est rien, le shampoing m'a fait glisser, il ment. Par contre, j'ai cassé le miroir.

— Comment c'est possible ?

— Je sais pas, j'ai failli me gaufrer en glissant, donc j'ai donné un coup, j'ai dû taper pile au mauvais endroit, tout a explosé.

Gus lève sa main bandée, histoire de prévenir les questions qui s'annoncent.

— Je me suis coupé une chouille mais c'est bon, j'ai désinfecté.

Soit. Elle fait mine de croire à son bobard. Pas certain qu'elle ait la force de contrer, toute façon. Ce qui les arrange tous les deux.

— Bon, on y va ? il coupe court.

C'est parti pour six semaines de colo. Et le sourire triste de sa mère, qui s'apprête à rester avec l'autre. Le géniteur. Ça aussi, ils le savent tous les deux. Gus sert souvent de rempart. Lui parti, elle demeure seule en première ligne. Sous la lumière crue du vestibule, impossible d'ignorer l'ecchymose sous sa paupière. Sa mère a beau se plâtrer de maquillage, Gus devine le bleu plus foncé, juste au-dessus de la pommette. Le profil gauche est intact, vieux réflexe de son père, cogner le côté droit uniquement. Parce qu'elle est prof d'auto-école – la vie ne tient à rien, parfois. Dans la voiture double volant, si elle prend soin de fixer la route, de ne pas trop tourner le visage quand elle observe ses élèves, le passage des vitesses, la vérif des rétros, alors ceux-ci peuvent ne rien remarquer et croire que tout est normal. Du moins, faire semblant. Gus admire cette intelligence qu'a son père. Qui pousse la perversion jusqu'à accorder à sa femme un restant de dignité, histoire qu'elle s'y raccroche, dernière lueur, tordu au point de vouloir lui faire miroiter que, dans cette horreur qu'il mute en quotidien, il l'aime encore. Un peu. Qu'il y a quelque chose à sauver en lui. Qui sait, peut-être que par un improbable concours de circonstances, les aléas de la vie, tout n'est pas foutu, c'est par elle que viendra son salut.

Et ça marche. Elle y croit, coquille vide malmenée par le courant, satisfaite de son sort pathétique à se trimballer sans envie, ignorant les gouttes qui prennent place à son bord au gré des remous, l'emplissent à mesure et lui pèsent jusqu'à la faire couler.

Gus devrait le dénoncer. Elle le lui a défendu. Il pourrait le tuer. Ils se retrouveraient à la rue.

— Tu n'as rien oublié ?

Sa voix, comme un sanglot, la dernière syllabe s'est noyée dans le claquement de la porte.

— Je peux pas savoir, vu que je l'ai oublié.

Elle s'efforce de sourire à la blague de son fils mais l'émotion submerge. Plus une parole, jusqu'au parking. Elle serre le frein à main, ils sont les derniers, on n'attend plus que lui. Un silence étouffé, puis sa mère dit :

— Tu vas me manquer, mon chéri.

Elle lui remet sa houppette, geste triste. Gus voudrait pleurer, soudain il a cinq ans. Il s'écarte subitement, ouvre la portière et la claque, pas un regard.

*

Gus se racle la gorge, il va chercher profond et crache sur le miroir, sa vengeance sur son père. En s'écoulant, le mollard macule le reflet mais l'héritage reste là, intact. En lui. Hier, toujours, comme une évidence. Gus se dégoûte de devenir ce connard. Il enfile son T-shirt et passe la tête sous l'eau une dernière fois, histoire de chasser les images. Il a dix-sept ans, bordel. La vie devant.

Hop hop hop, direction le réfectoire, et Pauline. Gus fait craquer ses doigts.

Pauline

Pauline a presque terminé, elle essore sa serpillière sale, s'essuie le front du revers de la main. Chaque fois, elle commence sa journée moins fraîche, sueur âcre aux aisselles. Son père lui dit :

— Prends ta douche là-bas.

— Et si un des garçons se lève à l'aube ?

— C'est sûr que si j'avais eu un fils...

Litanie sans fin, n'être que déception. Pauline passe dans un dernier coin, sous les radiateurs. C'est son bonheur, rare, de savoir les gars tout proches, prêts à affronter la vie. Ce regard d'une mère qu'elle pose sur eux, elle qui n'a que vingt-deux ans. De son balai, Pauline barre le passage – c'est pas sec, allez pas me faire de traces. Et se demande si elle a déjà renoncé. À l'ailleurs, à partir. Autre chose que son père, explorer plus loin. La réponse pour plus tard, car Gus fait irruption, ponctuel comme pas un : il est 8 heures. Pile. Il sent le propre, un bonbon, juste un peu d'étrange, dans son regard, les cheveux tout mouillés, encore. Pauline a les poils, c'est plus fort qu'elle, pendant qu'elle lance le café. Elle se concentre sur les confitures, pêche, fraise, déballe les céréales. Sa présence entêtante, qui rôde. Il boulotte une poignée au passage, crunch sonore. Un pétale de maïs s'accroche à sa commissure.

— T'as des miettes, là, elle lui fait remarquer.

Il s'illumine, fier content amusé, on ne sait pas bien. Puis s'essuie le coin des lèvres.

— L'autre côté, en fait.

Il frotte du poing, le truc tombe à terre, tache camaïeu sur le carrelage grège. Il s'imbibe et devient un rebut glauque, maculant son ménage fraîchement accompli. Pauline s'inquiète de sentir pointer la mélancolie. Tandis qu'elle verse le café dans les thermos, elle devine Gus qui dissémine les céréales collées sous sa semelle, et s'accroche à l'idée qu'il ne le fait pas exprès. Elle opère un calcul rapide dans sa tête. Juillet, août, même nombre de jours. Trente et un. Ce soir, conséquence, le salaire sera identique. Si elle fait attention, en rognant sur l'eau, par exemple, deux douches par semaine seulement, ou la toilette au gant, elle pourrait mettre de côté et payer quelqu'un pour l'aider avec son père. Une heure ou deux, quelques jours à s'occuper de lui. Pas grand-chose, pas la lune. Juste de quoi s'accorder une semaine dans le Morvan, la tournée des cousins et leurs ateliers bocaux, les concours d'accents et le piège à ragondin. Pauline repense à son rêve de ce matin, l'écluse qui emporte son père et tout le reste. L'image est presque tangible, bien réelle.

Le grille-pain saute les tartines. Gus s'est assis sur une table, bras croisés. Machinalement, il caresse la ligne blanche sur sa paume, cicatrice - le souvenir d'une bagarre ?

— C'est crade.

— De quoi ?

— Par terre.

Pauline glousse. Évidemment que c'est sale, une minute qu'il s'attelle soigneusement à tout lui saloper. Regard noir, il s'étire, ses biceps qui saillent. Le bras droit paraît plus musclé. Il croque ostensible un croûton, à même la panière et tête de branleur, il glaviotte une boulette malaxée, sourire. Les poumons de Pauline comme un étau. Et Gus attend, insolent, puis répète :

— C'est dégueu, je te dis.

Pauline hésite, ce n'est qu'un jeu, elle tente de se rassurer, comme souvent avec Gus, après tout, son éponge en poche, elle n'a qu'à se pencher, léger coup au sol et il n'y paraîtra plus, comme on efface un souvenir inutile. Il jouit à l'intérieur, ça se sent. Elle sonde son regard, guette la faille qui signerait la fin de la blague. Mais il ravive du menton et insiste, alors elle se sent flancher et sur le point d'obéir quand, étonnée elle-même, elle s'autorise finalement une repartie, presque joueuse à son tour :

— Bien, monsieur. Je m'excuse, monsieur.

Le ton de sa voix est servile, et son visage à lui se tord, sourcils et bouche. Pauline se demande, l'a-t-elle pris de court ? Surtout ne pas lâcher. Elle mime une œillade et minaude, donne subitement vie à un boulard éculé - ou un cauchemar éveillé s'il choisit de renchérir. Et vite, elle profite de son avantage, elle se baisse à ses pieds pour essuyer et Gus vacille, c'est palpable. Qu'elle se mette à quatre pattes, cambrée, pour ramasser le gluten mastiqué de sa bouche, et il devient le connard absolu, celui qui abuse, son image racornie d'avoir poussé trop loin. Pauline hésite, son cœur trépigne face à tant d'audace, elle jurerait que Gus pâlit, que sa main commence à trembler, est-ce qu'elle ose prendre le dessus ?

Trop tard, les autres arrivent, Benoît en tête. Pauline se redresse, elle a loupé le coche, ils ne sauront pas, fin de partie qui les sauve elle et lui. Gus adopte aussitôt ses manières habituelles et son sourire pleines dents, il empoigne des raisins qu'il sautille dans l'air avant de les cueillir dans son bol. Pauline ne dit rien, elle enclenche une bouilloire. Et la voix de Benoît retentit :

— Départ dans trois quarts d'heure avec le minibus, alors on évite de mollassonner.

Les chaises crissent, traces de pas sur le carrelage mouillé. Ce soir, il faudra ranger, nettoyer. Puis s'efforcer de les oublier.

Benoît

Les glacières alignées dans les soutes, les gars ne vont plus tarder. Alors Benoît profite du répit. Il s'enivre du parfum des herbes chaudes et, paupières fermées, s'imagine demain. Après le départ des colons, une fois de retour chez lui. Les lumières du salon. Il s'espère, sortant sa cueillette, les vêtements un à un, patience et précaution. Et les déplie pour contempler. Il ne devrait pas mais c'est plus fort que lui. Comme la cigarette qu'on s'autorise une fois par an, et qui ne préjuge pas qu'on va replonger pour autant. Quatre heures du mat, éméché, au pire une Vogue Menthol, allez, c'est pour faire genre ; pas avec ça qu'on va choper le crabe.

Benoît rouvre les yeux et vérifie sa montre. Cinq minutes encore, ça court toujours dans les couloirs. Il incline la nuque au soleil, rabaisse les paupières et se fantasme nu. Pareil, patience et précaution. Rien que lui et zéro barrière. Jambes légèrement écartées, ses fesses molles à vergetures, aplaties contre le carrelage, contraste de la dureté du sol, près de la table, et manière de rappeler ce moment chaque fois qu'il prendra son petit déj, passera la wassingue, donnera à bouffer à la chienne, se lèvera pour pisser la nuit. Juste le carrelage froid, blanc, neutre

désincarné.

Rien qui perturbe, que lui et leur odeur. À respirer doucement, tout entier dédié, et avec une infinie lenteur, il déplie un premier bras et le glisse sur les carreaux jusqu'à buter sur une étoffe au hasard, décharge fugace, frisson qui parcourt son corps, ce souvenir de fin d'été sur sa peau, leur hâle doré et leurs rires.

Crescendo et précis, il reproduit mentalement le mouvement, ramène chaque pièce une par une contre ses cuisses, son ventre et son sexe, le butin amassé, jusqu'à s'entourer entièrement de leur présence. Voilà. Ils sont tous là. Leurs arômes mélangés. Et alors, seulement, il se vautre. Il caresse le soyeux d'un tissu, paume plate puis poing serré, à agripper violemment, presque douleur, il roule entre le pouce et l'index une peluche de fil récupérée d'une casquette, en mordille la visière et se tourne contre ce qui semble être de la laine, un bon shoot, son crâne part vers l'arrière, il gratte de l'ongle la terre séchée sur un short en coton, avant d'éprouver du bout de la langue, le goût dans sa bouche lui remonte au cerveau, infuse dans l'abdomen et palpite là, plus bas. Les yeux clos, il porte à son nez un linge au hasard, il revoit les images, la prairie jaunie de soleil, le bleu tendre de la glacière au couvercle éraflé, leurs regards qui pétillent. Un maillot synthétique mal séché lui rappelle la veillée aux torches, l'obscurité humide, le crépitement des flammes avant de rejoindre les tentes, le dernier chamallow en train de se consumer, oublié entre les pierres grossièrement encerclées. Et soudain, le visage enfoui dans une toile plus râpeuse, à plat ventre et les mains crispées sur du velours, embrassant les textiles des deux bras ramassés, il se fige, déflagration, corps inerte et membres rigides, enivré du parfum capiteux, presque âcre.

À perdre toute notion du temps et la conscience de lui-même.

Il n'est pas seul, il l'a lu. Le fétichisme olfactif, ça s'appelle. Avant de monter sur scène, certains comédiens s'imprègnent d'une odeur de vieux livre pour retomber en enfance. D'autres vrillent à la fragrance d'une pivoine, d'un brin de lavande séchée. Se roulent dans l'entêtant d'un lys ou lèchent le bitume chauffé au soleil quand vient la première goutte d'orage. Lui, c'est l'abstraction de leurs corps mélangés qui lui dit la vie telle qu'elle est. Instantanée, jubilatoire, et débordant du cadre. Des années à les observer, colo après colo, à cerner le plaisir précis qu'il trouve à leur compagnie, bonheur qui le submerge jusqu'à en pleurer, parfois, au creux de son lit, quand il fait défiler chaque moment de la journée. Les soirs d'hiver, devant la télé, avachi une bière à la main ou caressant Milou – c'est une femelle, mais le véto s'est trompé, il n'a pas eu le cœur à rectifier –, bien sûr qu'il a honte. Alors il murmure :

— Mieux vaut ça qu'aller plus loin, tu crois pas ?

Milou lape sa main en signe d'approbation. Benoît s'abstient de descendre à la cave. Il n'a pas eu le cran de rouvrir le placard où se cache son butin, accumulé au fil des ans. Oh, pas grand-chose au tout départ, un slip, une chaussette oubliée, puis un T-shirt, un short, deux pulls, de plus en plus le temps passant, avec des à-coups, des renoncements à agir, parfois un été à se frustrer, quand ça commençait à se voir. Mais cette fois, juré craché c'est terminé,

dernière colo,

il va tout prendre. Ça va se jouer maintenant, dès que les gars prendront place dans le car. Et obligé, ça va remonter, quelqu'un va recouper les infos et trouver ça louche, que tous les ados d'un même groupe perdent chacun un truc. Benoît sait qu'il ne pourra plus revenir, à cause des soupçons. Mais pour l'heure, le danger le grise. Il profitera des heures et visualise déjà le tableau, leurs fragments assemblés, bateau de corps et de silhouettes, les énergies de ce qui peut advenir, ces chemins non tracés, un possible inconnu.

Et ensuite ?

Il se réveillera moite, légèrement écœuré, pour fourrer toutes leurs fringues dans un baluchon de toile, de ceux que sa mère cousait, loin dans l'enfance, ce pensionnat qu'il fallait rejoindre, les kilomètres à l'aube sans que son père décroche un mot, les patelins comptés sur le bord de la route, scruter les voilages aux fenêtres, s'imaginer les conversations tièdes, finis ton bol mon chéri, on va être en retard, tu te rappelles ce soir on va voir mamie. Benoît a le cœur qui pince, il refermera tristement le sac en lui jetant un dernier regard, figer l'instant et ce parfum, ce qui fuit déjà.

Après.

Après, il serpillera le carrelage, pour détruire l'impureté. Il astiquera, javellisera, et passera des lingettes, jusqu'à faire disparaître. Il refermera le placard de la cave. En jettera la clé. Dans l'évier, les chiottes, le puits ; n'importe. Se débarrasser de cette foutue clé, de l'accès à la preuve. Car ça pourrait être cette fois, la cigarette de trop. Celle qui vous fait plonger, justement.

Et après ?

Après, Benoît se passera longuement la tête sous l'eau.

Il frottera la raclette contre la vitre.

Il s'habillera. Il allumera la radio, la météo qui annonce une perturbation venue du Cotentin.

Il regardera patiemment le café passer. Petit plouf.

Il donnera à manger aux poissons. Puis ce sera l'heure de retourner à sa vie. Insipide et banale. Loin d'eux.

Seul.

Le fleuve

Le soleil est brûlant, mais les rives sont clémentes – fourbes aussi, ça va de pair. L'air, pour circuler, suit le cours du fleuve, bec d'Allier, Giennois, jusqu'en Anjou, souffle à peine perceptible dès lors, un degré de moins, peut-être deux, dans le périmètre du lit principal. L'atmosphère y devient respirable. C'est en s'éloignant qu'on se rend compte, une fois sortis du couvert végétal, la chaleur écrase à nouveau. Bitume, tuffeau, les arbres manquent. Restés visibles en contrebas ; saules, frênes et peupliers, buissons touffus ou maigres roseaux, fougères chétives, comme une fraîcheur promise.

En surface, tout est plan. Août, le liquide dormant, en apparence seulement, est devenu sable par endroits, blanc laiteux à variante terre de Sienne, falun piqueté, et partout l'eau tarie. Un leurre, oui, car en réalité ça vit, là-dedans, là-dessous. Là-côté. Sous la lumière crue, yeux plissés, observer suffit pour comprendre que le flot vibre et s'agite. L'eau coule, plus loin, les ridules contorsionnent, jouent de la lumière et dansent avec les graves, ce tronc échoué et l'aigrette qui s'envole. Ça sourd, flux contraires sans qu'on l'explique vraiment. Partent en biais, souterrains, stagnent en flaque mais surgissent ailleurs, inopinés.

La Loire, aimable et sauvage, indomptée.

Un martinet frôle la grève puis repart vers les arbres. Peut-être une hirondelle. Éclair fugace, difficile de trancher. Et la lumière, partout, insistante.

L'ESTUAIRE

(31 août, après-midi)

— On va reprendre dans le détail. Du début.
— Depuis le départ en minibus ?
— Si vous l'estimez nécessaire, oui.

Le pique-nique était bon. Digérant tranquillement, Benoît jouit du calme de la sieste. Une aigrette pousse un cri. L'indolence, tout autour. Ça somnole, la partie de foot les a tous achevés. Benoît mime le sommeil et se retourne sur le ventre, les bras solidement arrimés à son sac. Protéger son trésor. Parfois, les gars se permettent d'ouvrir une poche pour trouver un couteau, un gâteau. Ils ne comprendraient pas ce que son sac contient, aujourd'hui ; qui le pourrait, d'ailleurs.

Benoît sent qu'il bandouille et redresse la tête pour voir où on en est. Pauline lit et Farid et Pierre jouent, comme d'hab. Seul Totof fume sa clope, à l'écart. Ils se toisent, Benoît soutient son regard, tente de déchiffrer. Est-ce qu'il sait quelque chose ? Ce que Benoît a fait, dans le dortoir ? Juste avant de partir ?

Tof tire une dernière taffe et écrase son mégot.

— On va se baigner ?

— Donc vous n'avez rien vu ?

— J'étais dans le parc, à chercher le ballon.

— Tout du long ?

— Je vous dis, j'ai mis du temps à le retrouver. Et comme je me suis blessé, je suis remonté à pied à la colo pour me soigner vite fait.

— Sauf que personne ne vous a vu. À la colo.

— On peut pas faire confiance. Les parents sont des oufs, de laisser leurs enfants.

Surplombant la baignoire, Tof observe, attentif. L'aristo suinte. Il n'est pas qu'une image, mais aussi cette odeur, flottant en suspension, facile nauséabonde dès qu'on s'y arrête. Qui se confondrait presque avec sa propre sueur. Après tout, des heures qu'ils cuisent au soleil, et le match de foot a joué serré. Il sniffe ses aisselles, c'est âcre mais non. Un nouveau plouf jaillit, bulle en surface, et cette fois, Tof tance son hôte, surpris par sa propre audace :

– C'est toi, mon cochon ?

Pas de réponse, mais oui, évidemment, c'est lui. Du fond de son cloaque, l'homme au bain se vide paisible, à loufer tranquilou. Vas-y le châtelain, fais-toi plaiz. Tof guette un Air Wick, un pschitt ou un sent-bon mais rien, alors il s'écarte de la baignoire et file rouvrir la fenêtre, la chaleur s'engouffre et quelques cris résonnent, au loin. Ça doit être les gars qui se déchaînent, ça hurle désordonné, à croire qu'ils fatiguent jamais. Qu'est-ce qu'ils fabriquent ? Une nouvelle chasse à l'homme, fluviale cette fois ? Tof repense à hier soir, à Gus. Qui ferait plouf tout pareil, à cette heure, bien au fond de l'étang du parc oriental, s'il avait eu le cran de plonger. Est-ce qu'il va se dégoter une occase, aujourd'hui ? S'éloigner discrètement du bord et gagner d'autres rives ?

Balec, pense Tof, le spectacle est maintenant, dans cette pièce. Les gars peuvent bien aller se faire foutre, il verrouille la fenêtre pour les faire taire, leur vacarme étouffé, et il reprend position, décidé à s'imprégner de l'odeur et de la vision, de tout. Jusqu'au bout. Conviction de toucher du doigt l'inhabituel. De dévier enfin de son cours tracé.

Oui, j'ai passé des heures avec un macchabée, un jour. Lui et moi, seuls dans un château désert, l'atmosphère irrespirable. Le corps qui se décompose. Alors la vie, la mort, je sais ce que c'est. Respect.

— Ce n'est pas tous les jours qu'on rencontre un cadavre, il s'excuse.

Tof s'attarde sur le nez, narines immobiles devenues inutiles. Les yeux rivés sur le torse, la bouche, les paupières, il assiste aux effets du temps, la putréfaction gagne. Spectacle fascinant. L'eau fait son œuvre et boursoufle, la vie part et autre chose prend le dessus, petit à petit, depuis plus longtemps que la mort, bien avant, s'infiltre déjà, sur les corps commençant. Tof submerge, bord vertige de ce temps qui passe, intangible. Pour un peu, il croirait que l'aristo l'a fait exprès. Qu'il l'a attendu, patient, l'a entendu pénétrer et l'a observé en train de gazer sa main.

Le corps dans l'eau a dit « Viens ». Comme un appel, il lui a épargné la baignade dans la Loire, leurs jeux d'ados attardés. Et Tof a répondu présent, il a arrêté d'espérer qu'autre chose arrive. La vie est là, à portée, il suffit d'en profiter.

Tof pose son visage contre le rebord de la baignoire et laisse doucement aller sa main dans l'eau tiède, délier ses doigts sur l'écume, dans le silence que plus rien ne trouble. Loin, très loin des cris sur la Loire. Abstrait au monde qui s'agite, Tof sourit.

— Donc vous les avez laissés faire.
— Il aurait fallu quoi ? Leur interdire ?
— Mais vous saviez qu'il y avait un danger.
— Ils jouaient.

Comment lutter, l'énergie irrépressible d'une dizaine d'ados. De la rive, Benoît contemple ses baigneurs droit sortis d'un tableau de Bazille. Leurs corps qui s'ébrouent. La vie.

— À l'abordaaaaage !

— Geronimooooo !

Gus s'élance d'un salto et ensuite, tout se confond. Enfin, Benoît ne sait pas, ne sait plus. Pauline, elle, voit tout. Gus trépignant sur le tronc, à sauter pieds joints sur la branche, mais c'est Pavel, sa silhouette fait pschitt, engloutie derrière l'arbre. Benoît croit à un jeu mais Pauline crie, elle déchire le ciel et rameute le réel. Benoît est ailleurs, il divague encore dans sa cave fermée à clé, il flotte au milieu de leurs fringues qui l'embrassent et son corps se crispe, la jouissance. Une fraction de seconde, il repense à son sac, oublié là-haut, avec le pique-nique. Et le butin dedans ! Son œsophage brûle, pas le moment et Benoît se précipite, il manque de trébucher mais vise Gus du regard, celui-ci tend le bras et scande des « Pavel ». Volonté d'aider, mais ça ne sert qu'à empirer. Un crac menace, le bois précaire et pourri. Des masses s'agitent et Benoît choisit de contourner le tronc, il ahane en levant genou après genou, sensation de courant là où il n'y a pourtant qu'un bras mort. En proue, il croit apercevoir une main, est-ce le torse de Pavel qu'il voit émerger, tout se mêle, la chaleur, les couleurs. Farid vient de surgir à sa gauche, bâton tors en avant. Benoît sent qu'on le saisit, Farid lui empoigne l'épaule, regard fou, et le tire vers l'arrière. À peine le temps de se rendre compte, et tout le cul de grève bascule.

Sous leurs yeux, le décor entier se détraque. L'incompréhension dans le regard de Lorenzo, ses pieds dérobent, l'eau ensevelit et, réflexe, Gus saute pour échapper à l'arbre qui glisse par en dessous et défonce le sable dans sa chute, jusqu'à redevenir le fleuve, le courant, l'eau partout.

— C'est là que les gars ont plongé ?

— Plusieurs, oui. Farid a voulu sauter à son tour.

— Et vous ne l'en avez pas empêché ?

Pauline crie « GUS », pourtant son cerveau sait que c'est Pavel, le torse englouti. Son regard en panique. Tout va vite, il y a un instant à peine, Gus était là, riant toujours d'être capitaine. Mais il voit le regard de Pauline, il entend son cri, tend la main en l'air une fraction de seconde. Avant ou après, elle ne sait plus mais il tourne la tête et là, à côté, Pavel a disparu et sa branche à lui a tenu.

L'eau s'anime, le bras dormant court à la vie ; c'est l'instant, plus de maîtrise ; Pauline pourrait les rejoindre mais la Loire se rebelle et tout le monde panique et hurle, branle-bas. Pauline rugit à nouveau « Gus » mais putain, c'est « Pavel » qu'elle veut dire car Gus est encore debout sur le tronc, et tempête, l'urgence, et au pire il plaisante, hein, c'est ça, Pauline pense, Gus, tu plaisantes, je t'ai dit que c'est pas drôle, tu nous fais marcher, on joue, tous ensemble, on est des gosses, juste des gamins immatures qui batifolent dans un bras de Loire à moitié sec et jouent à se faire peur, oui c'est ça on joue aux pirates c'est l'été c'est notre dernière journée on dit que c'est pas pour de vrai, allez mon Pavel, mon Gus, on remonte.

Gus plonge à son tour.

C'est pour de vrai. Gus est à l'eau et Pauline voit Benoît reculer, image suspendue, l'arbre en apesanteur se détache du paysage et dérive. Farid surgit et remonte à la proue, son corps preste. Pauline s'avance.

— Le sable ! elle hurle, plus fort.

Gus perd pied. Le tronc, eux aussi, tout se délite. Les gars dévalent en un même mouvement, les corps vacillent, ils accompagnent l'échouage ou le devancent, tout n'est qu'instant.

Le chaos dans sa tête. Pauline tergiverse, quand chaque seconde cruciale. Retourner au minibus ? Aller chercher une bouée, des gilets, n'importe, même la glacière fera l'affaire. Après tout, ça doit flotter, ce machin. Mais l'urgence la paralyse. Leurs cris confirment, c'est maintenant. Avant, même. Voire trop tard, déjà. Car la Loire file son cours et les pirates luttent. Le fleuve attrape à volée et s'amuse de ses nouveaux jouets. Pauline se dirige vers l'aval. Le sable brûlant sous ses pieds.

— Benoît !

La tête de Nathan appelle depuis l'eau, son bras dressé vers les arbres. Pauline les cherche, les autres en surface, où sont-ils, où est leur bateau, ils étaient des pirates à l'assaut du monde et puis rien, le sable s'est écroulé et le fleuve a changé. La voix de Nathan désespoir, il résiste à l'effet d'entonnoir mais ses cris boivent la tasse. Farid vire son short, il titube malhabile et lance à Benoît, hagard :

— Je te laisse le gérer, je tente là-bas.

Sa silhouette disparaît sous l'eau. Une tête surnage ailleurs, puis une deuxième, Jonas et Adone tentent de raccrocher leurs bras, la rivière autour comme un tourbillon. Pauline se rappelle Pavel, toujours pas remonté, elle veut calmer son visage qui secoue et tremble, refuse. Nathan s'agite en détresse, il veut regagner la rive mais peine, ses pieds se dérobent. Il se vautre, avale une gorgée, deux. Benoît s'avance gauche, là aussi le sol s'esquive, c'est vaseux, il glisse à son tour et s'étale à quatre pattes. Ses mots, coupés de mouillé :

— J'arrive, Nathan !

Sauf que, s'il s'enfonce, il ne sert plus à rien. Benoît cherche un moyen, les repêcher sans risquer. Mais Nathan est un gosse, plus il essaie, plus il s'épuise, impression que le courant augmente. Benoît lève les yeux. Le bras mort s'ouvre et récupère le lit principal. Le sable s'effrite et verse de plus en plus d'eau. Ils croyaient à un îlot mais non. Ils sont dans la Loire, en plein, et ils sont en train d'y sombrer. Benoît campe sur ses pieds, surtout ne pas flancher, l'équilibre instable. Il scrute la rive, Timothée incongru, debout immobile, bras à hauteur du visage et en amont, la butée terreuse est en train de céder, mètre après mètre, les plantes aquatiques qui surplombent basculent tour à tour. Le flot déferle.

— Bouge pas, OK ?

Enfin Nathan paraît comprendre. Il s'immobilise et attend, à bout de force. Benoît allonge son bras mais évidemment c'est trop court. Il repense au short de Farid. Un pas à rebours, puis deux, puis trois. Benoît ramasse le vêtement, il le déchire de ses dents, le finit en tirant de ses bras, écartelé. Il revient, plus qu'un mètre mais l'eau pousse forcenée, il tend l'étoffe et l'agite au-dessus de la surface, elle détrempe et Nathan veut saisir, il la rate une fois, encore, puis la serre fermement. Il tire dessus comme un cinglé, Benoît manque perdre l'équilibre, arrête, putain, si je tombe c'est foutu, sauf que Nathan ne raisonne pas, il veut vivre, alors il s'agrippe et Benoît bascule, sa bouche sous l'eau, ça déborde, Benoît n'y comprend plus rien puis soudain, plus de résistance, plus de poids. Il relève la tête, reprend l'air. Ses mains sont vides.

— Vous l'avez lâché ?

— Non. Enfin, je ne crois pas.

Benoît tâte sa poche, il a perdu son téléphone. À quatre pattes, Pauline frictionne Lorenzo, que Pierre vient d'aider à remonter. Trempé sous une serviette, il désigne une masse sombre, les cheveux de Nathan ? Benoît accourt et commande :

— Trouve un portable, vite.

Tout est resté au pique-nique, stupidement. Pauline reste coite, un plot.

— Cours, je te dis, va appeler les secours ! gueule Benoît.

Elle remonte en zigzag, saoule de larmes, et Benoît tapote la joue de Lorenzo, vérifie qu'il percute et désigne les joncs.

— On s'éloigne.

Pierre repart dans l'autre sens. Sur le banc où ils sont, le sable peut partir à tout moment. Qui sait s'il n'y a pas, même, une rivière souterraine, une bîme, on appelle ça, prête à les engloutir, réveillée par l'effondrement du reste.

— Et votre lien avec Gus ? Vous le qualifieriez comment ?

Pauline erre, sa vue se brouille, les formes n'ont plus de contour, elle divague sans savoir si c'est la bonne direction, veut esquiver un obstacle sur la rive mais bute, et ça bouge et résiste, elle dessille, c'est Timothée, oui, c'est Timothée, parti pisser se promener on ne sait pas, mais il a échappé au naufrage et elle le prend dans ses bras et sa main à lui lâche un truc et Pauline hoquette à comprendre la scène, ça fait son chemin dans son esprit :

— Tu filmes ?

Sa voix désarroi, et Timothée rougit comme un con et elle hurle effarée :

— Tu les filmes ? Ils sont en train de se noyer et toi, tu les filmes ?

Il veut bafouiller mais elle le gifle, ça part d'un coup et elle ramasse son portable, elle s'énerve sur les touches mais ça y est, la tonalité, elle respire pour calmer ce qu'elle va dire. Son regard balaie la Loire. En contrebas, deux têtes malmenées par le fleuve paniquent ; Farid, en boxer, gagne le bord avec ce qui ressemble à une perche qu'il traîne derrière lui, il use son bras pour la soulever mais la tête reste dans l'eau, est-ce que c'est Kev ? Pavel ? Et Gus, alors ? Où est-il ?

— Vous le savez, pourtant. Je veux dire, que la Loire est dangereuse.

— On croyait le bras mort.

— Vous auriez pu éviter la catastrophe ?

L'eau sombre se cogne en vagues contre une masse ronde, à dix mètres de la rive. Farid veut croire à un tronc mais il comprend, c'est Youssou. Sombre carapace, son corps flotte sans lutter. Peine perdue, Farid se détourne et aperçoit les cheveux blonds de Kev : accroché à une branche coincée entre deux souches, il s'énerve, tâche de se libérer. Farid calcule la distance. Jouable. Mais dès l'eau, il galère, car la Loire fait des siennes. Brasse à gauche, à droite, difficile de tenir la trajectoire. Une ombre passe furtive sur sa gauche, Pierre court le long de la berge, il enjambe les ronces, est-ce qu'il compte le prendre à rebours ? Farid comprend : Jonas dérive plus loin, maigre bouée qui s'épuise dans le courant. Pierre arrache sa chemise – il porte toujours celle de Farid – puis bazarde son bermuda noirci de vase.

— Reste sur la rive, putain ! lui gueule Farid.

Trop tard, Pierre désigne Jonas, et saute en bombe.

PLOUF.

La gorge de Farid se serre, Pierre ressurgit à la surface et le temps presse. Farid s'écarte, il veut profiter du courant mais sans prévenir, la crampe. Un simple picotement, d'abord, puis plus fort. Ça pique, il contracte les orteils et desserre aussitôt. Méthode avérée. Rebelote, il crispe, puis relâche. Plus loin, Pierre remonte, tout nu. Son caleçon s'est perdu à raccrocher Jonas, pantin désarticulé qu'il porte dans ses bras, jambes ballantes. Il le dépose à terre et compresse sa poitrine de ses mains, Farid calque le rythme pour réguler son souffle, dompter sa crampe mais rien n'y fait, ça lance toujours plus. La silhouette de Pauline accourt auprès de Pierre, elle parle dans un téléphone, son regard tremble, elle hoquette, confuse. Sa main sur l'épaule de Pierre, elle désigne un garçon assis, en pleurs, soubresauts crise de nerfs, Timothée ? Pauline pivote vers l'aval, Gus est en difficulté, au milieu, sa tête plonge et ressort au gré des flots. Elle prend la relève de Pierre, mais Jonas reste blanc et Pierre scanne la surface, évalue la distance jusqu'à Gus, en train de sombrer là-bas. Farid a la bouche tordue mais parvient à crier, tant bien que mal :

— Vas-y !

Le regard de Pierre s'allume, Farid le rassure, ça va, il gère. Sa putain de crampe va bien finir par foutre le camp. Alors vas-y, sauve les autres. Il fait mine de crawler en direction de Kev, lance le pouce en l'air. Pierre se décide. Et il plonge vers Gus.

— Pourquoi lui ?

— J'ai cru que Farid me disait que ça allait.

— Mais apparemment, il était en difficulté. Et puis il y avait Adone, aussi.

— Oui, Adone. Et Nathan, Pavel, Gus, les autres.

Et Farid.

Que Pierre laisse se débrouiller, Farid est fort, Farid mon roc. Tandis que Pierre nage sous l'eau, dans l'autre direction, durée maximum, gagner le fleuve de vitesse pour rattraper Gus, ou Adone, le premier qu'il trouvera, il n'arrête pas de penser à Farid. Il tente de garder les yeux ouverts mais le sable remue et obscurcit tout. Ses mains butent contre des poissons, des bouts de bois, il sent les algues visqueuses caresser son torse, il remonte en surface, personne, que la rive les berges et les arbres, le fleuve fait un coude il est de l'autre côté, le cul de grève est plus haut ; le courant l'a repoussé et il guette les bancs, les aigrettes. Partout la surface, le soleil qui aveugle, il cherche un repère, tente d'isoler une silhouette. Mais il n'y a que lui, les branches d'un saule qui retombent. Vers l'aval, une ombre, loin, qui s'estompe. Pierre n'est pas sûr.

— *Et vous pensez que vous l'avez vu dériver ?*
— *C'était peut-être un oiseau.*

Alors c'est ça, la dernière image qu'on laisse. Gus est un oiseau. Il était un prince, tout à l'heure, juché sur son vaisseau. La scène s'imprime nette. Gus flatte son ventre, paré pour frapper ses assaillants Pavel et Kevin, qui fomentent. Son reflet lui fait face dans une flaque, le ciel en découpe. Il lève les yeux vers Pauline et se rappelle, le miroir, les céréales et son regard mouillé de chien, la tentation de la frapper. Juste pour voir ce que ça fait ; juste parce qu'il pense que c'est à portée ; manière de se détester encore plus. Cette haine absolue, et aussi la peur hier dans les yeux de Pierre. Pavel est sur la branche d'à côté. Gus veut tomber plus bas encore, passer sous le fond. Il saute. De toutes ses forces. Il cherche à casser la branche, comme une nausée, et tant pis si Tof n'est pas là. Il saura. Le voilà, son courage. On va se baigner ? Le truc à ne pas dire. Oui, on va se baigner. La preuve, que je suis cap.

Le vaisseau sombre ; l'eau engloutit tout. Le fleuve le défie et oui, d'accord, Gus a vu Pierre qui veut le rejoindre mais

Gus refuse. Il plonge la tête tout entière, apnée du vide, la rumeur de l'eau comprime ses tempes comme un étau et il tient, à compter les secondes, tenir, je suis cap, je vous dis, son cerveau débranche, des acouphènes prennent la relève, tenir encore, un cri strident emplit ses oreilles à mesure que ses poumons se vident, Gus sent qu'il bascule, l'esprit lâche, frôler la limite, souffler sous l'eau pour qu'éclatent des bulles en surface, il résiste son possible, tenir.

Le noir vient.

Et il arrête de lutter. Gus devient le fleuve qui s'en va vers l'estuaire. Le visage de sa mère, les contusions sur ses joues, la tristesse de ses yeux. Gus n'a plus la force. Il s'abandonne, il pourrait faire signe à Pierre, qu'il croit voir encore, contre-jour. Mais peut-être n'est-ce qu'un oiseau. Et c'est doux de ne pas résister, il accepte simplement d'être faible. Gus sent qu'il lâche. Il s'envole, vers l'aval et la mer, ses poumons sont lourds mais il dérive léger.

L'estuaire l'attend.

— C'est le seul qu'on n'a pas retrouvé. Alors, ce que vous avez vu, le déroulé exact de la journée, c'est important.

Sur la rive, Pierre scrute les flots mais il sait que c'est perdu. Les pompiers ont voulu l'éloigner, il les a repoussés. La crampe a persisté, et Farid a senti sa jambe renoncer. L'eau qui tire vers le fond, à chaque mouvement sa bouche s'est remplie. Un peu plus.

Et Pierre pleure doucement, maintenant. Sous les couvertures de survie, des corps étendus, Farid ? Pierre refuse que ce soit le Farid qu'il est seul à connaître. Il s'accroche à l'espoir que son Farid à lui reviendra, que c'en était un autre qu'il a rattrapé de justesse - pas Gus, non, que Pierre s'est d'abord imaginé noyer, la vengeance de Pupulle -, un autre, retrouvé les poumons gorgés d'eau, qu'il a malmené jusqu'à traîner son corps sur le sable, à le griffer d'épines, maculer ses cheveux de gravier. Pas son Farid, contre qui il a ensuite pressé ses lèvres, une fois, deux fois, attendre huit secondes, comprimer la poitrine, embrasser sans qu'on réponde, la voix de Pauline hurlait au téléphone, une bouche molle et dure, insensible et inerte. Pas son Farid encore, que Pierre n'a pas pu s'empêcher de gifler une fois, deux fois, en murmurant son prénom, à lui écraser le cœur pour qu'enfin l'eau jaillisse.

En vain.

Son Farid à lui n'est pas sous cette couverture, non. Il surnage quelque part entre ici et l'estuaire, il dérive, à lutter contre le courant, sa crampe s'en va, le visage baigné de lune, impatient de retrouver la crapette, aux étoiles, sourire et peut-être se blesser encore, une écharde, égratigne, un rien.

Une main touche son épaule. Le frisson dans tout le corps.

— On va devoir y aller, Pierre.

C'est Pauline. Il devine ses paroles mais il n'entend aucun son, comme si elle s'adressait à lui de derrière une vitre. Pierre attend son Farid. Le sombre vient, les gyrophares des pompiers percent les fourrés.

— Ils abandonnent les recherches. Vos parents vont arriver.

Cette fois, les mots résonnent, clairs. Pierre déglutit. Il respire un grand coup, hésite puis s'oblige, délicatement, à soulever la couverture dorée.

Farid.

Farid sourit. Il est beau.

Je pourrais manger ta peau.

Pauline prend Pierre par le coude et le guide vers la route, remonter vers le bus, puis le kilomètre jusqu'au centre. La vue de Pierre se trouble, il repense au jeu de cartes, laissé en plan. Il a menti. Y avait pas crapette. Mais Farid l'a cru. Et c'est lui, Pierre, qui est resté. Hors du courant. Il grelotte. La pluie arrive et gronde et Pierre soudain se demande où est Tof, lui qui non plus ne s'est pas baigné.

Bankolé Youssou
Benziane Farid
Drevet Jonas
Girard Kevin

Tof se tient droit au fond de la salle, entouré de ses parents, d'inconnus, tandis que le maire, ceint de son écharpe, énumère les noms. C'est grâce à Gus, au ballon, qu'il se tient, lui, debout, quand les autres sont allongés. Au son des sirènes, il a compris qu'il s'était passé quelque chose et s'est dépêché de sortir du château par la grille principale, sur la route, l'issue finalement si simple, pour gagner la colo et justifier son pansement.

Hachache Nathan
Sznievski Pavel
Vuong Adone

Tof met un temps à raccrocher, car l'élu donne le nom d'abord, avant le prénom. Ça perturbe. Chaque fois, les pompiers valident, désignent un brancard parmi les sept corps alignés, leur visage sous un drap, et posent le bracelet. Scellé.

Constat gendarmerie. Leur vie s'arrête et la sienne commence, il le sait. Tandis que ce dégénéré de Benoît prend des notes, comme à l'école.

Rousseaux Gustave
Porté disparu

Benoît relève la tête. Une femme près de lui s'effondre, une ecchymose à l'arcade sourcilière.

— C'est Gus, pas Gustave.

Le maire regarde Benoît, il ne comprend pas bien, il ne reconnaît même plus cet homme qui se permet de l'interrompre.

— C'est pas Gustave, bordel.

Benoît s'énerve et lui arrache sa liste des mains, il la chiffonne, carrément.

— C'est Gus.

Pauline s'approche de lui pour chercher à le calmer. On le sait pourtant. On ne se baigne pas dans la Loire. Mais Gus Gustave ne s'y baigne pas, il s'y fond. Il devient le fleuve, son eau, coule avec elle et le cours l'emporte vers l'estuaire. L'image que Pauline veut garder.

Et celle à laquelle elle repense en rentrant chez elle, plus tard. Elle s'accroche au muret, à demi masqué par le lierre, qu'elle se refuse à arracher de peur que le mur parte avec. Elle s'arrête au perron, écrase quelques feuilles de marronnier tombées trop tôt. L'air est humide, elle frissonne. Son haut est trempé par la pluie qui continue de verser.

La porte de la cuisine est entrebâillée. Des bouteilles ont été ouvertes, un tiroir éventré. Pauline repense au pansement de Tof, debout au fond de la salle, sa main maculée de rouge.

Il a dit s'être soigné au centre. Mais auparavant, Tof a aussi franchi les murs du château, pour récupérer le ballon, puis a disparu tout ce temps.

Pauline sent son ventre se nouer.

— Papa ? elle tente.

Soudain Pauline espère que son père ne répondra pas. Pas plus que ne lui répondront Kev, Adone, Youssou, Nathan, Pavel, Jonas ou Farid. Et Gus ? Elle monte l'escalier lentement et rejoint la chambre de son père. Personne.

— Papa ?

Elle se dirige vers la salle de bains. La masse est là, dans la baignoire, inerte et boursouflée. Et Pauline rit. C'est nerveux. L'eau gagne tout, alors. Elle décroche son téléphone, ça sonne, puis elle annonce :

— Oui, c'est que, il y a eu un accident. Non. Autre chose que la baignade.

— Donc c'est vous qui avez suggéré la baignade.

C'est lui, Benoît croit se rappeler. Mais ça aurait pu être un autre. D'ailleurs, on dira que c'est un autre, pas sa faute. Benoît refuse de se gâcher le souvenir d'un été. Disons que c'est Gus qui a proposé. Personne ne résiste à Gus. C'est ce qu'il a répondu aux gendarmes qui n'en finissaient pas de poser des questions. Ils lui ont demandé aussi, comme à Pauline, de rester joignable. Et Benoît sent une montée d'angoisse à l'idée de rentrer chez lui. Rouvrir la maison n'est jamais confortable, certes, mais aujourd'hui c'est pire encore. Chaque fois, la voisine qui lui garde Milou promet aussi d'arroser les tomates mais elle yoyote et Benoît la soupçonne d'en mettre à côté – certains pieds vont bien, d'autres moins, les feuilles racornies.

Première chose qu'il fait, donc, en rentrant : aller à la réserve, tourner l'arrivée d'eau, il déroule le tuyau et relance la pompe. Elle résiste. Alors Benoît récupère un fond d'eau dans une margelle, remplit la citerne, le bruit caractéristique, glou glou glou et ça y est, ça amorce, l'eau jaillit, elle stagne sur la terre fragmentée, fissurée par les semaines de sécheresse. Les nuages lourds, le gris. Les tomates cerises dégueulent de partout, la voisine ne voit pas bien, pourtant il lui dit, surtout vous ramassez, sinon ça va se perdre, mais elle rate celles sous les feuilles, et les fruits craquellent tellement ils sont mûrs. Il en fera du coulis. C'est bon le coulis. Cramponné au tuyau, Benoît pleure, doucement, il pleure ses tomates, le reste. Est-ce qu'il aurait pu les sauver ? Est-ce qu'il faudrait un système d'arrosage automatique, comme chez son frère, si fier de son installation ?

L'eau ne pénètre pas, la terre est trop dure. Benoît reviendra à la nuit. Deux, trois jours devraient suffire à ameublir la terre, à lui faire oublier la sécheresse.

Il rentre dans la maison. Vide.

Il défait sa valise en caressant Milou qui lui fait la fête. Depuis des années, il a pris le pli de faire sa lessive au centre, avant le grand retour. Tout est repassé lavé séché, plus qu'à ranger et remiser, quand il rentre, d'habitude jusqu'à l'année prochaine, mais pas là.

Il n'a que son butin.

Benoît a laissé son sac à dos dans l'entrée. Il revient le chercher, hésite. Puis l'ouvre.

Il vide tout le contenu sur le carrelage, s'allonge à même le sol et, cette fois, Benoît déroge à sa règle. Il convoque les images, attentivement, il raccroche chaque vêtement à un des garçons, comme ces jeux d'été où on relie des points, ou le nom d'une star à sa photo.

Ce caleçon, c'est Kev. Il se rappelle l'avoir vu courir vers les douches. Ce T-shirt, taché de gras, c'est Pierre, il aurait peut-être pu le lui rendre. Benoît le met de côté, dans un pochon plastique, puis se ravise : il le jette à Milou qui s'agace.

Vient le bandana de Gus, celui qu'il portait dans le car, et que Benoît n'a pas pu s'empêcher de piquer quand il l'a aperçu, abandonné sur la banquette arrière au moment de ranger le minibus. Benoît renifle le tissu-éponge, la sueur marque d'une trace de sel blanchâtre la partie en contact avec le front. Il le glisse fiévreusement sous son oreiller.

Leur souvenir.

Le fleuve

L'eau sourd, patiemment. Le sable se détache et vient lécher les bords, un tourbillon se forme ; s'effondre sous le poids, emporte le sable, l'eau se brume, rien n'est clair.

Et la Loire suit son lit. Dormante et râpeuse, charriant les poissons et les corps. Elle arrive à la mer, un garçon dans ses bras.

Un poisson a sauté, happant un moustique au passage. Il replonge aussitôt. Un léger

plouf.

Le moustique englouti. Puis plus rien que la surface plane de l'eau. Et le calme... Le ciel se fond au fleuve, masse noire immense qui enveloppe jusqu'aux berges.

Que la mer avale.

Ce roman est né de la découverte du drame de Juigné-sur-Loire qui, en 1969, coûta la vie à dix-neuf enfants. S'il reste une fiction, et si toute ressemblance avec des personnes existantes est fortuite, qu'il leur soit toutefois ici rendu hommage.

Playlist

Disponible sur le compte Spotify de l'auteur :
https://open.spotify.com/user/guizgou

The River. Bruce Springsteen
Ulysse. Ridan
Daydream. Wallace Collection
Été 90. Thérapie Taxi
À nouveau sauvages. Ramó
Masculinity. Lucky Love
Un peu de mélancolie heureuse. Tim Dup
Now or Never. Rachid Taha (feat. Jeanne Added)
In This Shirt. The Irrepressibles
Motivés, le Chant des partisans. Motivés
Kid. Eddy de Pretto
Nuit magique. Catherine Lara
We Are Young. Fun (feat. Janelle Monaé)
Une version améliorée de la tristesse. Peter Peter
Run Boy Run. Woodkid
Week-end à Rome. Étienne Daho
La nuit n'en finit plus. Petula Clark

Reste la marée. Piers Faccini
Stay. Rihanna (feat. Mikky Ekko)
In the End. Scott Matthew
On naît On vit On meurt. Odezenne
Les Hautes Lumières. Fauve
D'une rive à l'autre. Home
On brûlera. Pomme
Remember. Seinabo Sey (feat. Jacob Banks)

Retrouvez toute l'actualité de l'auteur sur son site Internet :
www.guillaumenail.com

Remerciements

Un immense merci à Anna Khachaturova, mon éditrice, pour l'acuité de son regard, sa bienveillance et son enthousiasme sans faille. Merci également à Sylvain Teil-Salanova d'avoir su repérer ce texte, et à Dorothée Cunéo, pour sa confiance immédiate. Merci enfin à toute l'équipe de Denoël.

Conception graphique : Philippe Apeloig.
Composition : Utibi.

Imprimé par Grafica Veneta à Trebaseleghe (Pd).
Dépôt légal : janvier 2023.
Imprimé en Italie.

ISBN : 978-2-207-16872-1.

549586